そうるめいと

寺崎ちえこ

随想舎

そうるめいと

目次

そうるめいと

ぼくを何かにたとえるとしたら、風だ。
それも通り過ぎるだけの気まぐれな、無情な風。
辿り着ける場所なんてどこにもない。
ましてやオアシスだなんて、儚い夢のまた夢に過ぎないのだ。
と、ずっと思って生きてきた。
そう、儚い夢のまた夢さ。
少なくともあの日までは、あの日まではずっと……。

プロローグ

春と呼ぶには、あまりにも冷たすぎる街角の空気だった。

ぼくは肩をすぼめ、着古したパーカーのポケットに両手を突っ込んで、ブラブラと当てもなく彷徨《さまよ》い歩き、気が付くと路地裏の目立たない、それでもかなり奥行きのある古めかしい本屋に吸い寄せられるようにして入っていった。

ここはつい最近まで通いつめた場所ではある。しかし今となっては何の利用価値もなく、今日は一体何が目的でここに来たのだろう。学生アルバイトかとも思われる男性店員が書棚を整理しながら、怪訝そうにチラチラとぼくを見ていた。この数年間で必要な参考書類は、ほとんど買い尽くしたはずだった。その冊数は自分でも驚くほどだ。かといって、小説や雑誌や実用書には全く興味がなかったので、そうした分野の前で立ち止まることはまずなかった。ところが、そんな無関心極まる分野の前をいつものように通り過ぎようとした時、ふとある本が異様に目に付き、ぼくの足はピタリと止まる。

『一瞬にして心を元気にする方法』

何だ、これは。そんなものあるわけがない。あるはずがないだろう。大体そのタイトルからして、人を小ばかにしている。こんな本を世に送り出すなんて、最近の出版社は何を考えているのか。軽率すぎる。と、心の中でありとあらゆる非難を浴びせかけてはみたけれど、体は驚くほど対照的で瞬間的に素早くその本を取り上げていた。そしてパラパラとめくり、言い知れぬ緊張感に襲われながらもキョロキョロと辺りを見回し、冷や汗ものの勇気を振り絞り、その後しっかりと小脇に抱え急ぎ足でレジに向かう。

今日のぼくはどうかしている。いや本当にどうかしていた。


街外れにある総合運動公園のジョギングコースを、ぼくはすでに三周ほど走っている。体を最大限に動かして、エネルギーを外に発散する。それが手っ取り早いストレスの解消方法だそうで、あれほどののしっていたにも拘らず、ぼくは購入したばかりの本の内容のひとつに従っていた。

三月も中旬を過ぎたのに、今日はとりわけ冷たい北風がピューピューと音を立てて吹いている。遠方に見える山の頂では、真っ白な雪の綿帽子が冬の名残りをしっかりとアピールしていて、道路脇に等間隔で並んだ桜の木も、その蕾を膨らませるのはまだまだ先になりそうだ。今年はここ北関東の春もどこかのんびりで、あちこち道草をしているらしい。

四周目が終わって、さすがに苦しさが半端でなくなった。それでなくてもここ一年間は、進学高校の大学受験の追い込みとあって、ほとんど机に向かい歩くことさえままならない窮屈な日々を送っていたから、体力は限りなく消耗し、心は究極に衰弱し切っていた。よくにわかに思い付きでこんなに走れたものだ。完全に燃料切れの体はヘナヘナと歩調を止め、コース右端に備えられていた木製の色褪せたベンチに、半ば倒れ込むようにして座った。背もたれの後ろにだらんと両腕を伸ばし、荒い息を吐き出しながら思いっ切り天を仰ぐ。正午近い雲ひとつない青空は、とても目を開けていられないほどの眩しさだった。

その眩しさが、今日はやけに心に染みる。そのうちに鼻の奥がムズムズとしてきて、今にもくしゃみが出そうになった。

「ハ、ハーク……」

「ミィ……ヤァ……」

「え?」

くしゃみが辛うじて中途半端で止まった後、ぼくは確かに妙な声を聞いた。いやそれが声なのか音なのか耳鳴りなのかは、まだはっきりと区別がつかなかったけれど。

「ミィ……ヤ……」

「え?」

それは確かにかなり近辺で、ぼくの足元辺りから漏れ出すように聞こえてきた。湧き上がる好奇心から先程までの息苦しさも一気に忘れ、勢いよく両足の間からベンチの下を覗き込む。弾みでツルッと鼻水が飛んだ。よく見ると暗がりの中で、何か小さな白い塊がゴソゴソと波を打つように動いている。その白い波が少しずつ前進してきて、ぼくの逆さまの顔の手前でピタリと止まった。

「ミィ〜ャ……」

まん丸な水晶玉のような二つの目がこちらを見ている。子猫だ。そう思った瞬間、そいつは顔中口だらけにしてより大きな声で鳴き、そのまま千鳥足で目線を合わせたまま更にゆっくりと近付いてきた。その姿がまるでほろ酔い気分の酔っ払いに見えてきて、妙に愉快な気分になってきた。そしてそいつがベンチの下から姿を現すや否や、ぼくもガバッと姿勢を正す。そいつはすでに馴れ馴れしく、ぼくのふくらはぎを気持ちよさそうにスリスリとしていた。たぶん捨て猫だろうけれど、最初からこんなふうに警戒心もなく人を信じて近寄ってくる酔っ払い、いや猫に出会ったのは、三年前に病気で亡くなった飼い猫のマロン以来だ。

ぼくは今十八歳。今年の冬（十二月）で十九歳になる。年齢から言えば一応若者扱いされるのだろうけれど、ひと言では説明できない事情の果てに、恐らく相当老け込んで見えるであろう今の自分が、こんな何気ないちっぽけな子猫との出会いにすこぶる胸を高ぶらせている。見事に空洞になり、乾き切った今のぼくの心は、そんなささやかな出来事もひとつの刺激として吸収しやすい状態に陥っているのかもしれない。

しかし更に、もっと強烈な出来事（ぼくにとっては、衝撃といっても過言ではないかもしれない）がやって来たのはその直後だった。

「ラブミー！」

高く澄んだ、まるでソプラノ歌手の発声練習のような叫び声が聞こえてきたのは、ぼくが両手で子猫を抱え上げた瞬間だった。

「フンニャ〜」

子猫の向こう側に、ぼんやりと風になびいた長い黒髪と、全体的にほっそりとしたイメージの女性の姿が見え隠れし始め、その謎めいた姿が勢いを増し、あっという間に突進してきたので、ぼくは子猫を抱えたまま反射的に後ろにのけ反る。

「ラブミー、みーつけた！」

女性の声のトーンが更に上がった。

その後一体何が起きたのか。青天の霹靂とは正にこのことを言うのだろう。

彼女は子猫をめがけて弾みでぼくに飛び付き、子猫はぼくの首とたぶん感覚的に彼女の胸元のサンドイッチとなり、おまけに彼女の唇がタイミング良しか悪しか、ぼくのおでこにしっかりと貼り付いた。

えっ？　わっ！　なにっ！……。

ほんのりといい香りがする。これは確か何？　花の香り？　ラベンダーだったっけ？

ぼくはどうでもいいことを心に問い掛け、その現実があまりにも突飛過ぎたのでぼくの中で動揺を通り抜け、辛うじて、いやしっかりと働いた理性が、彼女をぼくの体から精一杯引き離す。子猫だけがぼくの襟元にぴったりと貼り付いたまま、ゴロゴロと気持ちよさそうに喉を鳴らしていた。

「あっ！……」

彼女はさすがに慌てて両手で口元を押さえ、二、三歩後ずさりすると、「ごめんなさいね……」と小声で言った。

「昼ごはんをやろうとこの子に会いに来たら、いつもの場所にいなかったので……。あちこち探し回ってようやく見つけたものだから舞い上がってしまって。後ろにいるあなたが見えなかったの。本当にごめんなさい」

今度はペコペコと頭を下げた。

後ろにいるぼくが見えなかった？　えっ？

今のぼくはそんなに影が薄いのか……。

「あ、いや別にその……そんなに謝ってもらうほどのことでは……気にするほどのことではないよ。それよりさぁ……あの、こいつ、いやこの猫どうにかしてくれる」

ぼくはジョギングの後ようやく静まりかけた胸の鼓動を再び激しく復活させながら、よりぴったりと貼り付いた子猫を襟元から少しずつ離し、まるで壊れ物を取り扱うように両手で丁寧に包み、落とさないように恐る恐る彼女に手渡した。彼女はそんなぼくの心を察してか、

子猫を慎重に受け取り、ゆっくり胸元に納めると、

「ありがとう……。私のアパートでは飼うことができないから、毎日こうしてここに来るの。しかたないわね」

と言って、笑いながらも寂しい表情は隠し切れなかった。

こぼれ落ちそうに大きな潤んだ瞳。スーッと伸びたかわいい丸鼻。艶のある小さな唇。頬に少しソバカスはあるけれど、透き通るように白い肌。けして美人とは言えないけれど、ずっと見つめていたい気分になったのはなぜだろう。

「ねぇ、この猫ちゃん、真っ白に見えるでしょう」

しばらく呆然としていると彼女が突然切り出したので、ぼくはハッとして即座に目線を子猫に移す。

「そうだね。純白というかキラキラ眩しくて、まるで空から舞い降りてきた粉雪の精のようだ」

何とメルヘンチックな乙女チックな、これが本当に自分の口から飛び出した言葉なのだろうかとふと我に返り、疑わしくなり、にわかにじわじわと鳥肌が立ってきた。いつも現実的で論理的で、夢のないつまらない人生を送ってきたこれまでの自分が、その一瞬で撤回されてしまったようなそんな感覚にさえなった。

しばし間を置き、今の質問にはどういう意味があるのだろうかと冷静に考える。そんな時

不意に彼女が、子猫の背中をグッとぼくに近付けたのでビクッとした。

「ところがねぇ、見て！　見て！　ほらここ、お尻のところ。黒い模様があるでしょう。しかもハート型。かわいいでしょう。だからそのままラブって名付けたんだけど、ミーミーと甘えるようによく鳴くものだから、それも付け加えてラブミー。どう、なかなかいい名前でしょう。センスあるでしょう。自分でもすっごく気に入ってるの」

今度は矢継ぎ早に、まるでぼくを昔からの知人でもあるかのように、はしゃぎながらまくし立てる。そして再び子猫をゆっくりと胸に戻した。

「それじゃあ、私これからまた仕事に戻らなくちゃいけないので失礼します。ありがとう……。あなたっていい人ね。ラブミーをとてもかわいがってくれて。心から感謝します。さようなら……」

「さようなら……」

一応返したつもりだったけれど、声になっていたかどうかは確信が持てなかった。

艶やかな黒髪を風になびかせ背を向けると、ほんのりとしたあの花の香り（ラベンダー？）が再び漂う。ぼくは彼女が後ろ姿になり歩み出す頃になってようやく、しっかりとその体全体を見据える余裕ができた。

ベージュのカーディガンに、若草色とクリーム色のチェックのストール。ブラウンのフレアスカートに肌色のストッキングという清楚でエレガントなファッションが、彼女の穏和で温かい雰囲気をしっかりと包み込んでいた。ただひとつだけ……。

ぼくはあの青天の霹靂のような先程の出来事をふと思い浮かべ、まだ甘い余韻の残る額にそっと手を当てて、「ラブミー……」と覚えたばかりの子猫の名前を、ほとんど無意識に呟いた。そしてどんどん遠ざかる彼女の足元に何気なく目をやった。

えっ！　その瞬間の驚きを言葉に置き換えようとしたけれど、見つからなかった。

ただその時、ジョギング以上に巨大な衝撃的なエネルギーが湧き起こったことは確かで、先程までしぶとくぼくを苦しめていたストレスは、火山の噴火のごとく心の底から一気に吹き飛んだ。

あれは一体何なんだ？

彼女の細いふくらはぎをスッポリと包み込んだその靴は、今日の雲ひとつない青空にはどう見ても似つかわしくない、真っ赤な長靴だった。

春の音

カフェ小春。三年前に母が始めたこの小さな店を、ぼくは息子ながらかなり気に入っていた。三月生まれの彼女の名前をそのまま使って小春。その名のとおり、いつも穏やかで陽気な人柄がいつの間にかたくさんの客を引き寄せる要因になっているのだと、ぼくは心から感じていた。

そんな母が選んだこの店は、公園の西通りの中間点にポツンとある。近くに洒落た洋風のテナントがいくつかあったけれど、母は強いてこの古びたログハウス風の物件を選んだ。元花屋だったというこの店の南側の玄関脇には、大きなマテバシイの木が二本、こんもりとその葉を青々とさせて、店をしっかりと守り包み込むようにして立っていた。

そしてその延長上には、この店のオーナーの土地である空き地が広々と見晴らしよく広

がっていた。今ではそのオーナーもカフェ小春の常連客の一人となっていて、混んだ時には無償でその空間を駐車場として提供してくれるありがたい存在だった。

「ねぇ、冬星。ランチタイムも過ぎたことだし、少し気晴らししてらっしゃいよ。公園通りの桜、チラホラと咲き始めたんじゃないの。ゆっくりとお花見でもしてきたら」

そういえばいつの間にか暦がめくれ、世の中は四月に入っていた。

ぼくの名前は冬星。十二月二十四日、クリスマスイヴの夜に生まれた。病院の屋上から見上げた星がひと際きれいだったとかで、父がその日のうちにそう名付けたそうだ。

「ぼくの桜は、この間見事に全部散ったよ。笑っちゃうくらいにね」

「あら、でも笑っちゃうくらいに、世の中はもう新しい花が咲き始めているわ」

母は即座におどけながらそう言って、何やら半強制的に紙の手提げ袋を手渡した。中を覗くと、手作りのパック詰めのサンドイッチと、携帯用の茶色いマグポットが入っていた。

「外で食べるとひと味違うでしょうから。それにほら、冬星の右腕みたいなやつもついでに持っていったら」

「ぼくの右腕みたいなやつ?」

最初はさすがにピンとこなかったけれど、少し間を置くと、ああ、あれのことかと理解し、内心余計なお世話だと抗議してやりたい気分になった。

もう過ぎてしまったことだけれど、今回の大学受験が志望校どころか、滑り止めさえ見事に失敗に終わったのも、それが大きな原因のひとつになっているのだと思っている。自分の失敗を何かのせいにするのは、一人の男として情けない話だとは思うけれど、これまでの人生で学問以外何のとりえもなかった自分が、唯一誇れるそれさえも成功しなかったのかと考えた時、言い知れぬ絶望感が胸を苦しめるのだった。

ぼくの右腕みたいなやつとは、二年程前に中古で買ったアコースティックギターのことだ。別に未練があるわけでもなく、かといって捨てる勇気も今ひとつ持てず、いつの間にか手伝い始めたこの店の休憩室の片隅にポツンと置いたままになっていた。ほとんどの学生が国立大を目指すようなエリート男子高の中で、たまたま隣の席にいたやつが（名を吉川と言ったが）私立の音大を希望していて、昼休みでさえ皆キリキリと息を潜め机に向かう中、彼だけがいつも別人種のように涼しい顔をして、鼻歌を歌いながら優雅に教室から出ていった。勉強という魔物に取りつかれた異様な雰囲気の中で、彼の取ったたぶん世間一般ではごく普通だったはずの行動が、心身共に長いものに巻かれそうだったその頃のぼくの目には、強烈なヒーローとして映ったのだろう。気が付くとまるで何かに吸い寄せられるように、ぼくは彼の後を追うようになっていた。二年生の春のことだった。

吉川はいつも真っ直ぐ、音楽室に向かった。進学校だったので、ピアノの他に辛うじてアコースティックギターが二本ほど置いてあるだけの、本当に質素な教室だったが、後をついてきたぼくに無言でその一本を差し出したことから、二人の不思議な関係が始まった。吉川はぼくに了解を得ることなしに、淡々と丁寧に基本的なコードを教えると、「スタンダードナンバーだけれど」と言って、「なごり雪」を勝手に練習曲に選んだ。

その日から昼休みはぼくにとって特別な時間となったことは確かで、その時だけは進学校であることも気になる進路のことも偏差値のことも忘れられた。そしてその曲をマスターできた時は、飛び上がるほど嬉しかった。自分の爪弾くギターに合わせて歌を歌う。単純だけれど、世の中にはこんな楽しいことがあったのかという新発見に心が躍った。それから受験間際までこの昼休みの特別な時間は続き、マスター曲は数十曲にも上った。

吉川は今年見事に、第一志望の音大に合格することができた。おめでとう！

そしてぼくは……見事に全部ひらひらと花を散らせた。自分なりに努力はしたつもりだったけれど……。

「きのうの日曜日は、そこの運動公園でゲートボールの大会があって、店も大忙しだったでしょう。冬星がいてくれて本当に助かったわ。だから今日はその貢献度を称えて、特別に半日有給っていうのをあげてもいいわよ。そこのお花見でも、車で遠出でも好きなように使ってちょうだいな」

そう言って母は、ポンと強くぼくの背中を叩いた。ちなみに車の免許は取り立てで、若葉マークが貼ってある。

別に嬉しくもなかったし、そうする気にもあまりならなかったけれど、ぼくはいつものように元気のいい母の勢いに乗せられて、ギターの入った黒いソフトバッグをやれやれと肩に掛け、サンドイッチ入りの紙袋を手に持って、ポカポカとした陽だまりの中へ否応もなく歩き出した。

新学期が始まったばかりの平日とあって、さすがに公園には学生らしき姿は見えず、ヨチヨチ歩きの子供を連れた母親や、ゆっくりと桜を見ながら散歩する老人の姿が目に付いた。時計の針が少し速度を落としたようなのんびりとした風景の中で、ぼくの脳裏にポカンと浮かび上がったのは、なぜかあの時の真っ赤な長靴だった。

あれから一カ月近く経っているけれど、彼女にもそしてあの真っ白な子猫、ラブミーにも一度も会っていない。あの娘は一体何者だったのか。

ブツブツとおじさんのように独り言を言いながら、ぼくは道路際のチラホラどころかほとんど満開に近い桜並木が見渡せる、大きなケヤキをくるりと囲んだ円形の木製のベンチにドカッと座った。歌うつもりなど微塵もなかったけれど、一応持参してきてしまったギターケースを傍らに寝かせ、しばらくのんびりと柔らかな陽射しを満喫する。

やがて紙袋からサンドイッチのパックを取り出し、パカッとやけに大きな音を立てて開けた。

「ミィ……」

「えっ?」

まさかと耳を疑い、にわかにキョロキョロと辺りを見回す。

「ミィ……」

ぼくは先日の情景を自動的に思い出し、蓋の開いたサンドイッチのパックを傍らに置くと、勢いよく前屈みになりベンチの下を覗き込んだ。何も見えなかった。

「ミィ……」

えっ? しかし確かに。

「また会っちゃいましたね」

今度は茶目っ気たっぷりの声が後方から聞こえてきて、ぼくは慌てて頭を上げ振り向く。ケヤキの木の後ろ側から、いたずらっぽそうな女性の顔が覗いていた。

「こんにちはぁ」

弾けそうな笑顔を振り撒きながら、彼女が突進してくる。あの時の状況がありありと甦り、ぼくは咄嗟に身構えていた。ただよく見ると、後ろからあの白い子猫がチョロチョロと走ってくる。

「ラブミー!」

子猫は先月会った時よりもひと回り大きくなり、かわいさも一段と増していたので、つい大声を張り上げてしまい気恥ずかしくなったけれど、すでに遅かった。

ラブミーが彼女を追い越し、身軽にベンチに飛び乗り、ぼくの隣にやって来る。

「やぁ……」

ぼくは照れ隠しに子猫に挨拶すると、続いてやって来た彼女にも頭を下げた。

目線が自然と彼女の足元に向く。細いふくらはぎは、あの日と同じ真っ赤な長靴に覆われていた。

「今、昼ごはん?」

無造作に蓋を開けて、傍らに置いたままのサンドイッチを見ながら彼女が言った。

「ああ、小さいけど一応カフェの従業員なので、昼食はいつもこんなふうにずれてる」

ぼくはハムの入ったサンドイッチを手に取ると小さく千切り、いつの間にか膝の上にチョコンと座ったラブミーの口元に持っていった。ラブミーはクンクンと鼻先で二、三度嗅ぐと、ゆっくりと口の中に運び、クチャクチャと音を立てて極楽顔で嚙み砕く。その仕草に言いようのない愛着を感じ、つい抱き上げて胸元に押し付け、頭をぐりぐりと撫で回していた自分に思わず鳥肌が立った。

「ごめんなさいね。ついさっきキャットフード食べたばかりなのに、底なしなんだわ、この子。胃袋がちょっと大き目にできているのかしら」

彼女は眉をハの字にして、ホトホト困ったように溜息をついた。

「いや、こんなぼくでもちゃんと覚えていてくれたほんのお礼さ。この前は首だったけど、今日は膝の上だね。次はどこに貼り付くんだろう」

自分では単なる呟きのつもりだったけれど、彼女にはかなり受けたらしい。しかめっ面が一変して恵比須顔になり、その後爆発的に笑い出した。

「そんなにおかしかったかな？……」

ぼくは相変わらずラブミーの頭を撫で回しながら、彼女の様子にポカンと気を取られ首を傾げた。

「だって、一応ラブミーも女の子だから好きなタイプがあるのかなって、想像しちゃったのよ。普通はそんなに他の人に近寄ったりしないから。ほら、ハートマークがしっかりとあなたに向いている」

そういえば、尻の黒いハート型の部分も、ひと回り大きくなっているように見えた。

「そりゃあ光栄だな。ぼくもラブミーとはフィーリングが合いそうだよ。久々にいい猫に出会ったなって思う。本当にね。ところで、今日は定休日？」

彼女が紺と白のチェックシャツワンピースという、前回会った時よりもかなりラフなスタイルをしていたので、ついそんなことを口走っていた。

「さぼったの」

「えっ？」

「つまらないからさぼった」

「あっ、そう……ごめん、余計なことを聞いてしまって」

ぼくはその時、本当に余計なことを聞いてしまったと思った。まだ出会って間もない、名も知らぬ若き女性に、突然そんなプライベートなことを問い質してしまうのは、極めて失礼なことなのだ。そんなことは常識もいいところなのに、すでに飛び出してしまった取り返しのつかない言葉を、ぼくは心から恥じた。

「ねぇ、ギター弾くの？」

彼女は、ベンチに寝かせておいたギター入りの黒いソフトバッグに興味を逸らし、先程のぼくの失言もさほど気にしていない雰囲気だった。ホッと胸を撫で下ろす。

「少しね。あまり上手じゃないけど、ほんの気分転換程度に」

「じゃあ、聞かせて」

ラブミーがポンとギターの上に飛び乗った。

「古い曲だよ。教えてくれた友人が大のスタンダードナンバー愛好家だったもので、そんなんばっかり」

「いいわよ」

彼女がギターに乗ったラブミーを抱き上げる。ぼくはサンドイッチのパックを閉じると紙袋の中にしまい、マグポットのほろ苦いコーヒーをひと口飲んだ。

それも紙袋にしまい、ワンクッション置いて黒いソフトバッグのチャックを開け、中から使い古したギターを取り出す。ボロンとひとかきすると、深く息を吸い込んだ。

身のすくむ思いと心地よい興奮が、同時に体中を駆け巡る。懐かしさと後悔が複雑に入り混じった心境の中で静かに滑り出したメロディは、吉川と共に初めて練習した曲、「なごり雪」だった。この曲をマスターした時のあの得体の知れない達成感は、今でもぼくの心の奥底でまるで海底に沈んだ宝箱のように、消えることなく存在している。

曲はいよいよサビの部分に入り、声にも勢いと力が加わり乗りに乗りまくってきた時、不意に何か、もうひとつの音声が重なってくるのが聞こえた。それは細く高く、心地よいビブラートと共に、驚いたことにぼくの歌のリズムに正確に寄り添い、見事なハーモニーとなって辺り一面に響き渡った。見上げると、ラブミーを抱いたまま体を揺らす彼女の姿が、まるでスポットライトを浴びた大スターのように、太陽光線を受けて眩しく光って見える。見下ろすと足元の赤い長靴が、譜面を走る音符のように軽やかに石畳を跳ねていた。

二番に入ると、ぼく達のハーモニーは益々磨きがかかり、絶妙な乗りで初めてにして、そしてそれはほとんど奇跡に近いデュエットになった。

脅威、ひと言でこの状況を語るとしたら、今のぼくの心情にはこんな言葉が的確だろう。名も知らぬ、再びこうして唐突に目の前に姿を現した彼女も、スタンダードナンバーの愛好家だったのだろうか。

パチパチパチ……。

気が付くといつの間に集まったのか、ぼく達の周りには散歩中のたくさんの人達が足を止めて拍手を送ってくれていた。

「ねぇ、一曲リクエストしてもいいかしら」

身を乗り出すようにしてそう言ったのは、ベビーカーに赤ちゃんを乗せて散歩中だった、若い母親だった。ぼくは更に続く思いもよらぬこの状況に、正直戸惑いオロオロしてしまい、とても答える余裕など持てなかったけれど、正面に立つ彼女が、「いいですよ。いいですよ。喜んで。さぁ、どうぞ！　何曲でもどうぞ！」と潔く言い放ったので、危うく抱えていたギターを取り落としそうになってしまった。

「『桜坂』……私、大好きなこの歌を、一度生のギターで聞いてみたかったんです。レパートリーに入っていますか」

ぼくはしかたなく、こっくりと頷いた。吉川はしっかりとこの曲も教えてくれていたのだ。

「わぁ、ステキ！　まさか子育て中にライブでこの曲が聞けるなんて思わなかったわ。今日はなんていい日なの！　ありがとうございます」

ベビーカーを揺すりながら、彼女は小躍りして喜んだ。

「それじゃあ……」

新たな緊張感に心を奪われながら、ぼくは深く息を吸い込む。そしてゆっくりと慎重にギターを爪弾く。旋律が始まると、彼女の奇跡的なハーモニーがやはり自然についてきた。

「りん……」

ギターケースを肩に掛け、緑の木々に囲まれた自然豊かな公園の散歩コースをそれとなく歩き始め、オレンジや黄色の色鮮やかな鯉が泳ぐ大きなひょうたん形の池の前に差し掛かった時、彼女がポツリと言った。ぼくは先程の彼女を無神経に問い質してしまった苦い思いがあったから、強いてこちらからは何も聞かずにいた。

「りん……君の名前?」

「そう。ジングルベルのあの鈴の音。それをイメージして父が付けてくれたの。私クリスマスイヴの夜に生まれたから……。今年の冬には十九歳になる。来年は二十歳。もうすぐ大人の仲間入りね」

ラブミーが時々池の鯉を覗き込み、手先で水面にじゃれ付く仕草をしたけれど、ぼく達の足取りを垣間見てはしっかりとついてきた。

「それは奇遇だな。そうすると君とぼくはほとんど同時にこの世に生まれてきたってことになるね。ぼくも今年のクリスマスイヴには十九歳になる。病院の屋上から見上げた星がその日は取り分けきれいだったとかで冬星。どう見てもロマンチストとは思えない、やはり父が名付けてくれた」

その時、ぼくより一歩ほど前を歩く彼女の赤い長靴がピタリと止まった。

「どうかした？」

ぼくは正直また余計なことを口走ってしまったのかなと心底ドキッとして、反射的に歩調を止める。

「ということは、私がジングルベルの鈴《りん》で、あなたがキラキラ光る冬の星ね。いいわ、いいわ。私達って、クリスマスイヴのセット商品みたい」

急に声を高らげ、まるで幼子のようにはしゃぎ出した彼女を、ぼくはただ黙って唖然と見ていた。先程の奇跡的なハーモニーといい、急にはしゃぎ出す幼稚性といい、彼女の見せる多様な面がぼくには妙に新鮮で、今まで全く興味のなかったはずのミステリー分野の小説についい手を出してしまいそうな、そんな気分にさせた。

「歌、好きなの？」

どうしてもこれだけは聞いてみたかった。

「大好き。父も母も歌が好きだったから、小さい頃からよく一緒に歌ってたの」

「そう」

ぼくは心から納得して深く頷いた。

「あっ、ちょっとごめんなさい」

りんはピンクのショルダーバッグからケイタイを取り出すと、少し慌てた様子で二、三歩前に進み、そのままゆっくりと歩きながら小声で誰かと話し始めた。

「あっ、もしもし、ナカ君。あっ、そう。少し疲れ気味……。無理しないでいいよ。タクちゃんは？……あっ、そう、元気ね。それはよかった。じゃあ楽しみに待ってる。……うん、またね。バイバイ」

ちょっと足を止め、どこかホッとしたようにパタンとケイタイを閉じる。そして再びバッグの中に大切そうにしまい込んだ。

今日は仕事をさぼったと言っていたけれど、今の話し相手とどこかで落ち合う約束でもしていたのだろうか。ぼくが今ここでそんな詮索をする必要もないのだけれど、多彩な彼女のまた新たな一面を垣間見たようで、初めてページをめくったミステリー小説の次の展開に好奇心が湧いたのかもしれない。

「ラブミー！」

突然りんが叫ぶと、少し離れた草木の茂みから、子猫が勢いよく飛び出してきた。そして彼女の胸元にポンと軽やかにジャンプすると、見事にスッポリと腕の中に納まる。

思わず拍手してしまいそうなその光景。ラブミーはゴロゴロと喉を鳴らすと、目を細くしてぼくを見ていた。

「それじゃあ、今度ハーモニカを持ってくるわね。私得意なの。また一緒に歌いましょう。じゃあ、その時まで、さようなら……」

彼女がそのまま去っていきそうになったので、ぼくは咄嗟に自分でも驚くほどの大声で叫んでいた。

「猫は？　ラブミーはアパートでは飼えないんでしょう！」

だから何だと伝えたかったのだろう。ぼくの家で預かってあげるよとか、見え見えの優しさを押し付けて、彼女とつながっていられる手段を何とか確保しておきたかったのだろうか。自分で自分の心が読めない経験を、ぼくはその時生まれて初めてした。

「ありがとう。ラブミーは大丈夫。私の伯母さんの家でね、飼ってくれることになったの。だからこれから連れていくのよ」

りんは安堵感とも寂しさともつかぬ笑顔を作ってグルリと向きを変え、後ろ向きで手を振った。今度いつ会うという約束もなしに、そのまま足早に歩き出す。レンガ作りの体育館の北側を、赤い長靴がどんどん遠ざかり、やがて突き当たった散歩コースを南に曲がると、彼女の姿はそこで一瞬にして消えてしまった。

と同時に、春風がヒューッとぼくの頬を掠めていく。季節外れのジングルベルの鈴が、りんりんと心の中で密かに音を立てて揺れていた。

夏のかげり

六月も下旬になり、しばらく続いた梅雨のうっとうしい日々とも、ようやく別れを告げる季節になった。今日は金曜日。カフェ小春の定休日だ。朝から久し振りの陽射しが眩しいばかりで、天気予報では気温もかなり上昇するらしい。にわかに夏日がやって来た。

ぼくは朝からネイビーの半袖のボーダーポロシャツとノータックのベージュのチノパンというスタイルで、そわそわと時計ばかりを気にしていた。確か九時三十五分に電車は駅に着くはずだ。それに間に合うように車を走らせなければならない。今日は遥々東京から吉川が帰ってくる。明日お姉さんの結婚式で、大学入学以来久々に里帰りしてくるというメールが入り、タイミングよく店も定休日で、早速会おうという話になったのだ。

彼は着々と今、作曲をメインとする音楽家を目指して勉強中で、きっと意欲満々の明るい

未来について語ってくれるのだろう。ぼくは未来どころか、今日一日の身の置き所にも困惑しているという、彼とはとても比較にならない時点で立ち往生していたけれど。

夢、希望、将来……別に深い意味もなく、いつもの口癖で呟いていると、再びケイタイが鳴った。届いたメールは吉川からだった。

〈ひと電車乗り遅れて、十一時頃到着の予定。すまん、その頃に迎えお願いします〉

何だって。ま、いいか。今日は一日のんびりと過ごす予定だし。さほど気にもせずぼくは自宅から取り敢えず車に乗り、フワッとどこへ行く当てもなく出発した。

一般的には平日で、通勤や通学の人達の姿も見えたが、九時半近かったのでそのピークも過ぎてかなりまばらだった。ぼくは商店街をグルグルと回り、どこか手頃に時間を潰せる場所を探したけれど、コンビニを除いてはほとんどの店が十時開店だったので、結局気が付くと電車到着までまだ一時間以上もあるというのに、車は駅南口の無料駐車場に止まっていた。

「田舎町だな、やっぱり。だけどどこでボケッとしているのも退屈だな」

ぼくは辺りを見回し、最近整備されてきれいになった子供達の遊具や休憩室、トイレが完備の公園に目をやった。休憩室には自販機も設置されているはずで、取り敢えずそこでコーヒーでも飲もうかと心を決めて、ゆっくりと車から降りる。見上げると梅雨明けの空はピカピカと眩しくて、洗い流された新鮮な世界が速やかに心を満たしてくれた。

昔懐かしいジャングルジムの前に見つけたベンチに座り、微糖のコーヒーの缶をスパッと開ける。その瞬間だった。

「こらぁ！　そこの若者！　こんな平日に何をさぼっとるかー」

突然、その神聖な空気を突き破るかのように大声が飛んできて、ぼくはビクリとして我に返った。心の中で自動的にスイッチが入ったかのように、あの赤い長靴が浮かび上がった。

公園の入り口から黄色い帽子をかぶり、鮮やかな若草色の体操着を着た子供達の集団が見える。ざっと二十人はいるだろうか。その集団はきちんと二列に並んで、まるでオモチャの兵隊のように元気よく両腕を振って、こちらに向かって歩いてきた。先頭にピンクのエプロンをしたショートカットの背の高い人物が見える。その人物が大きく手を振った。

「夏美ねぇ……」

そう呟いて思わずぞっとする。

そういえば四歳年上のぼくの姉は、この周辺の幼稚園の先生をしている。今日は運がいいのか悪いのか、まさかこんなところで出くわすとは思わなかった。その名の通り、八月、真夏生まれの夏女。何事に対しても情熱的で、冬に生まれたぼくとは正しく正反対のテキパキとした行動派だった。

「冬星、まぁ、そんなところで見事にたそがれて。まるで散歩中ひと休みのおじいちゃんみたいね」

夏美ねぇがクスクス笑い出すと、あっという間に若草色の子供達がくるりとぼくを取り囲み、賑やかに声を掛けたりはしゃぎ回ったりした。よく見ると子供達の背後からもう一人、セミロングの黒髪を横でひとつに束ねた、オレンジのエプロンをした小柄な先生が近付いてきて、愛嬌のある丸顔でにっこり微笑み、ぼくに向かって頭を下げた。ぼくも取り敢えず似合わない愛想笑いなどを浮かべ、ぎこちなく同じ動作をしたけれど、

「ロボットよりひどいね、あんたの動きは。全く心がこもっていない」

と、夏美ねぇにピシャリと非難され、思わず頭をかいてしまった。

それから否応なしに夏美ねぇがぼくを皆に紹介したので、ぼくは成り行きで皆と鬼ごっこをする羽目になり、吉川を待つ空白の一時間は、この偶然出会った園児達のために費やすことになった。

子供達はとにかく元気だ。あの小さな体のどこに、あれだけ激しく動き回るパワーが備わっているのだろうかと目を見張ってしまう。そしてこんな小さなパワフル集団の中で奮闘している夏美ねぇを目の当たりにすると、頭が下がった。悔しいけれど、敬意を払わずにはいられなかった。とにかくぼくは、しばらくこの状況から抜け出すことができず、鬼ごっこの鬼として運動公園のジョギングにも負けず劣らず懸命に走り続け、気が付いた時には体中見事に汗だくになってしまった。さすがに立ち止まり、チノパンの右側のポケットからヨレヨレのハンカチを取り出すと、顔から襟足辺りをぐるりと拭く。それから急に思い立って、もう片方のポケットに手を入れ、型遅れだけれど時間だけは何年も正確さを保っているケイタイ

を取り出した。

すぐ時間を見る。十一時五分前。しまった！　吉川がもうすぐ駅に着く。やばいぞ。

一瞬かなり焦ったけれど、考えてみたら駅はすぐ目と鼻の先。走れば二分とはかからない場所にあった。

「あのう、夏美ねぇ、実はぼくこれから約束が……」

ごっこ遊びも盛り上がってきた最中で、かなり言い出しにくくなった矢先に、「お兄ちゃん、おしっこ！」と、背後から男子の叫び声が聞こえた。

「え？」ギョッとして振り向いたぼくに、

「冬星、あんたの今日の最後の役割よ。さあ、走って！　トイレはすぐそこ。この子の手を引いて。早くしないともれちゃうよ！」

と、夏美ねぇの容赦ない指示が飛んできて、ぼくは言われるがままに急いで男の子の手を引いてトイレへと走り出す。何とか間に合い、やれやれと溜息をついて、再び若草色の園児達の輪の中へとダッシュした。驚いたことに、このほんの数分の間に園児達はきちんと整列して静かに喋ることもなくオレンジのエプロンの先生の指示に従い、まだ息遣いの荒いぼくの方を一斉に注目した。

「それでは皆さん……」

夏美ねぇが列の後方で、微笑みながら興味深そうにその様子を窺っている。

「これから先生の後に続いて、大きな声でお礼を言いましょうね。いいですか」

「はい！」

園児達の声はすがすがしく、澄み切った高く青い空に響き渡った。

「夏美先生の弟の冬星さん。今日は一緒に楽しく遊んで頂いてありがとうございました」

「ありがとうございました！」

小さなパワフル集団が、きれいに揃って頭を下げる。思えばほんの限られた短い時間に、童心に返って結果的に一緒に楽しく遊んでしまったというだけなのに、こんなに感謝されていいものかと逆に恐縮してしまった。次の瞬間、目の前に並んだ小さな彼らがすごく大人に見えてきて、ぼくは反射的にピンと背筋を伸ばし、その後自然と頭を下げずにはいられなくなった。

「冬星、約束があるんでしょう。早く行きなさいよ。電車もうすぐ着くわよ」

さすが夏美ねぇ。昔からそうだったけど勘だけは鋭い。別にぼくが前もって説明しなくても、ぼくの行動を見れば大体のことは察してしまうのだ。それだけはいつも感心していた。

「夏美先生、あのね……」

最前列にいた髪を三つ編みにした丸顔の人懐こそうな女の子が、急に何か真剣な表情になり夏美ねぇに声を掛けた。

「どうしたの、美香ちゃん。トイレ？」

「ううん、美香もね、思い出したの。大事な、大事な約束」

「大事な約束？」

夏美ねぇが先生らしく、しっかりと耳を傾け繰り返す。

「そう、ラブミーとね。今日お昼に帰ったら私がキャットフードあげるから待っててねって約束したの。だから先生、私お弁当食べる前にラブミーにご飯あげるね。そうしないとラブミーがお腹すいてかわいそうだから」

「そう、ありがとう美香ちゃん。ちゃんと覚えててくれたのね。ラブミーもきっと楽しみに待ってるわね」

ラブミー。えっ？　ラブミー……？

その言葉を聞いた瞬間、ぼくはにわかに体が強張るのを感じた。キャットフードと言っていたから、猫の名前であることに違いはないだろうけれど、だからといってあのラブミーであるとは限らないはずだ。同じような名前なんてどこにでもあるだろう。

それでもその時のぼくの動揺はかなり大きかった。胸の鼓動がいきなり高まった。

「あのう、ねぇ君。ラブミーっていうのはもしかして、真っ白でお尻のところにちょっと黒いハートのマークのある……」

「冬星！　いいからあなたは早く行きなさい。ほら、電車が入ってきたわよ」

夏美ねぇは最初とは打って変わって、ぼくを追い払うように強い口調でそう言った。

物事をダラダラと引き延ばすことが元来きらいな性格だったし、何よりもぼくの約束を大切にしたかったのだろう。その気持ちは十分に伝わったけれど、今のぼくはその約束よりも重要な何かを悟ってしまった直後の悩める人間のように、前進する力より後退する力に強く引き止められてしまっていた。

ラブミー……もう一度心で呟くと、辛うじてそんな自分を戒め、明らかな作り笑いで皆に手を振り、無理矢理体を前に押しやる勢いで駅に向かって走り出す。

なぜどうしてぼくは、あの子からラブミーの名前を聞くことになったのだろう。

どうしてそんな偶然がこんなところで起きたのだろう。

意味のない疑問を果てしなく繰り返しながら、気が付くといつの間にか駅の構内に入っていた。

吉川は構内のほぼ中央にあるコンビニの前に、手荷物も持たずに静かに立っていた。

どちらかと言えば地味な性格だったけれど、今回着てきたポロシャツは、りんの長靴と同じように真っ赤だったので、色合的にはすごく目立っていた。

「やぁ、ごめん。待った？」

ぼくは詫びながら彼に駆け寄った。

「いや、たった今ここに到着。ぼくこそひと電車乗り遅れてしまってごめん。きのう好きなソウルを聞いていたら夜更かししてしまって。すっかり朝寝坊してしまったよ」

吉川は屈託のない笑顔を作ってそう言った。

好きなソウルを聞きながら夜更かしだなんて、相変わらず日々最高なものに囲まれて、満ち足りた時間を過ごしているのだろうなと勝手に想像を膨らませ、にわかに湧き起こってきた醜い嫉妬心に心はあっという間に占領されてしまった。みじめな自分が早速顔を出し、ぼくは咄嗟にその場から逃げ出したくなる。

「どう?　ギターやってる?」

吉川の質問にぼくは曖昧に頷くと、

「取り敢えず昼飯食ってからにしよう。ぼくさっきまで、超ハードなウエイトトレーニングに挑戦していたものだから、腹が減って。話はそれからにしよう」

と、うまく心の内を見透かされないようにかわし、足早に南口の駐車場に向かって歩き出した。

若葉マークが貼ってあるぼくの車は白のムーブだ。どちらかというと女性向きの車というか、この間まで夏美ねぇが乗っていた車で、彼女はコツコツと貯めたお金で最近好みの新車を購入し、初心者のぼくにまだほとんど傷んでいないこの車を譲ってくれたのだ。

運がいいのか悪いのか、まだ車にはそれほど興味のないぼくには、ありがたい話だった。

「へぇーっ、ちゃんと乗せてるじゃん」

ぼくの車を見て、恐らくぼく以上にそれに関心のない吉川の第一声がそれだった。

吉川はぼくの車の後部座席に寝かせておいた黒いギターケースを見て、即驚きの声を上げた。

「久し振りにやってみるかい」

吉川は右手でギターを奏でる素振りを見せたけれど、「まずはメシを食ってからだ」と、ぼくは素っ気なく答えて、急かすように彼を助手席に促した。

ぼくは車を更に南に向かって走らせ、吉川が乗ってきた下り電車のひとつ手前の駅、K町の時々訪れる小さなハンバーグレストラン、フレンドに入った。

そこは中年夫婦が長年営んできた店で、味もサービスも老若男女に拘らず評判がよかった。何よりも美人で穏やかで、さり気なく癒されるモナ・リザ風のマダムの微笑が、もう一度足を運んでみたいという心境にさせるのかもしれないと思った。美人であることと上品であるということを除いては、人を引き付ける特別な要因を持つぼくの母にどこか似ていた。

周辺は閑静な住宅街で、社宅やアパート等も軒を連ね、独り暮らしで孤独に毎日を送っている人々にとっては、この家庭的な雰囲気の中で食事をし雑談ができるというのは、もってこいのオアシスなのだろうと思った。

「いらっしゃい。あらーお久し振りー。今日はステキなお友達も一緒で……」

マダムの変わらぬ気さくな笑顔が、ぼく達を温かく迎え入れてくれた。

「はい。高校時代の優等生と落ちこぼれコンビです」

もちろんぼくは、彼を優等生として紹介した。

「最高だわ、そういうのって。お互いにないものを共有できるって、人生の幅が広がるわね」

さすが、マダム。物は言いようというか、素直にさらりと返してくれるのが心地よかった。

ぼく達はレジカウンターから左に入った、窓際の席に座った。狭い道路の向こう側には、比較的まだ新しいクリーム色の外壁に青い屋根のアパートが五軒ほど立ち並んでいて、その正面の開いた窓の網戸越しに、老夫婦が和やかにお茶を飲みながら話し合っている姿が目に映った。

「のどかでいいな、ここはやっぱり……」

吉川がぽつりと言った。

「東京は、よくないの？」

少しストレート過ぎたかなとも思ったけれど、久し振りに会う彼の予想外のネガティブな言葉に、ぼくはかなり後ろめたさを感じながらも内心ホッとして、次の言葉を早く聞いてみたい一心でそう言った。

「よくないというか、ぼくがかなり期待を掛け過ぎていたというか……残念ながら今のところは、あの雑踏の中で何も浮かんでこないよ。この静かな環境の中で育まれてきたぼくの感性は、少し圧倒されて停滞してしまっている」

吉川は頬杖をつき、溜息をつくと、ゆっくりと窓の外に目をやった。

マダムはそんなぼく達の様子を窺って気を利かせてくれたのか、少し間を置いてからオーダーを取りにやって来た。

「今日はこれからまだまだ暑くなりそうね。今年の夏はかなり気が早いみたい。もっとも君達若者には、毎年待ち遠しい季節でしょうけれど……」

氷の入ったお冷をそれぞれの前に静かに置きながら、さり気なく微笑む彼女の表情はやはり格別で、心から癒された。ぼくは吉川の意向も聞いて、この店特製のハンバーグランチを二つ注文した。

「なぁ、冬星……」

吉川は野坂という姓よりも名前の方が呼びやすいのか、ずっとぼくをそう呼んでいた。

「何だよ。君にしては珍しく深刻な表情だな」

「だろ。正しく今のぼくの心情は、見ての通りだ。非常に残念だけど」

そう言って人差し指を自分に向けて、吉川はその顔を徐々にぼくに近付け滑稽なにらめっこ状態になると、一瞬間を置き、その後ぼく達は一斉に何か巨大な物が弾けたように吹き出した。目に見えない先程までのお互いを勘繰った緊張感が一気に爆発してしまった、そんな感じだった。そうなんだ。ぼくは自分に問い掛ける。

世の中には夢がなかなか見つからず独り焦って塞ぎ込むやつもいれば、取り敢えず叶った夢の先で、もっと大きな壁にぶつかり嘆くやつもいる。単純だけど、今のぼくと吉川がそのいい例なのかもしれないと思った。

吉川の深刻な表情が徐々に緩み、元来の穏和な笑顔が戻ってくる。そしてそれはぼくが「あ、よかった」と心で呟き、安堵の溜息をついた直後のことだった。

吉川の表情が再び一変して、切れ長の目を極限に見開き、瞬きもせずに一点をじっと見据え始めた。一体何が起きたというのだろう。その理由は間もなく明らかになった。

誰かがゆっくりとこの店内に入ってきたのだ。ゆっくりとした足取りで、しかもある楽器を巧みに奏でながら……。

「『レットイットビー』か? あのビートルズの」

吉川は完全にその曲に魂を奪われ、ほとんど陶酔状態に陥っていた。

ぼくもあまりに流暢なハーモニカの音色に引き込まれそうになる自分を、精一杯セーブしながらそう呟いた。

「こんにちは、おばさん。今日は究極の朝寝坊でお昼になっちゃったよ」

ハーモニカが鳴り止むと、ぼくにとってけして忘れられない声が聞こえてきた。

「目覚ましは鳴らなかったの?」

「鳴ったわよ、ジリジリとかなりしつこくね。それも不思議、私の足元で。それで思いっ切り足を伸ばして止めたのよ」

「そう……足で」

マダムはそれからちょっと、笑いを堪えている様子だった。

「りんちゃんらしいね。寝相が悪かったのは目覚まし時計の方だったのかしら」

「そうよ、たぶん。あいつ夜中にぐるぐると私の周りを回っているのよ。日頃の運動不足解消にね。あっおばさん、今日は軽く玉子のホットサンドね。それにアイスカフェオレ、よろしくお願いします」

それから再び、あの劇的なハーモニカが店内に響き渡る。

サビの部分から始まったそのメロディは、ぼくの心にもそして恐らくそれ以上に吉川の心にも、何か計り知れない強烈なインパクトを与えただろう。

「りん……」

まだ姿は見えなかったけれど、彼女の存在する方向から確かなテレパシーに似た熱いパワーを感じて、ぼくはもう居ても立ってもいられなくなった。自制心を失い、ただ引き寄せられる方向へと体は否応なく動き、ハーモニカの音色に操られながらフラフラと歩き始める。

「おい、冬星……」

後ろから呼び止める吉川の声も、遥か遠いどこか異次元の世界からの幻の声にしか聞こえなかった。

りんはそこで体を波のように滑らかに軽快に揺らしながら、ハーモニカを吹いていた。

いやハーモニカがりんに、好きなように弄ばれていると言った方が正しいかもしれない。

楽器と音と体がこんなにも一体になりえるのだということを、ぼくはその時生まれて初めて知った。

「素晴らしい！」

歓声を上げたのは、いつの間にかぼくの真後ろに立っていた吉川だった。

吉川は先程までのネガティブな表情などどこへやら、切れ長の目を爛々と輝かせて、右足でリズムを取り体をオーバーにくねらせて、彼女の音楽の世界に完全に取り込まれてしまっていた。

やがて演奏が終わり店内に再び静寂が戻ると、りんは改めてチラリとぼくを見て別に驚いた素振りもなく、「また会っちゃいましたね」と、軽くおどけて笑った。

「君達、知り合いだったの？」

吉川がいつになく強引に割り込んで、ぼくとりんの顔を交互にじっと見る。

「ラブミーつながりよね」

「ラブミーつながり？」

好奇心を駆り立てる彼女の答えに、吉川の貪欲な音楽への追求心は益々強くなった。

「なぁ、冬星、それってどういうつながりだよ。なぁ、教えてくれたっていいだろう」

吉川は駄々っ子のように、ぼくのボーダーのポロシャツをつんつんと後ろから引っ張った。

「ま、話せば長くなるので、今日は止めておこう」

と、取り敢えず必死で言葉を濁し、曖昧に受け流していると、「そうだ！　冬星くん！」と、りんの驚くべき大声が飛んできたので、その瞬間無関係な周りの客の注目まで一斉に浴びることになってしまった。

「ギター持ってる？」

そして思い掛けなく注目を浴びてしまった後の彼女の質問に、ぼくは更にギョッとした。今冷静に考えると、その弾みで無責任に軽い気持ちで頷いてしまったぼくの浅はかな判断能力に後悔が絶えない。なぜならその時のぼくとりんの取った行動が、ぼく達のその後の人生に少なからず大きな影響を及ぼすきっかけとなってしまったことは確かなのだから。

ぼく達は結局、この店のマスター、マダム、それに吉川、向かいのアパートの老夫婦、後から入ってきた数人の客の前で、ギターとハーモニカを使ってほとんど強制的に歌う羽目になってしまったのだ。曲は吉川伝授のスタンダードナンバーに、即興で老夫婦がリクエストした童謡も数曲交えた。前奏や間奏に耳に心地よい巧みに流れるりんのハーモニカが響き、にわかに集まった観客達は、その完璧さにうっとりというよりもむしろ驚きの沈黙状態に陥っていた。

「奇跡だ……」

吉川が言った。

「君達は奇跡だ……」

今度は声が震えていた。

その後、その沈黙を打ち破るかのように大きな拍手が湧き起こる。ぼくは照れ隠しに、同時に頭を思いっ切り下げたけれど、りんは隣で無邪気にピョンピョンと飛び跳ねていた。

つい足元に目をやる。紺のデニムのショートパンツの下方で、やはりあの真っ赤な長靴が、今日はやけにテンポよくリズムをとって踊っていた。

ぼく達はそれからりんも同席させ、一緒に昼食を摂った。マダムが食後もコーヒーやデザートをサービスしてくれ、話はどんどん弾んだけれど、その中心はほとんど吉川だった。

吉川は豊富な音楽の知識を次々とりんに投げ掛け、満足し興奮し、外の暑さにも負けず劣らず顔を火照らせながら、すこぶる盛り上がっていた。そしてその中からようやく拾い上げた今のぼくには不可欠であろう重要な情報といったら、りんがこの店の近くのアパートで独り暮らしであるということ、この店にはよく食事に見えるということくらいだっただろうか。

それでもぼく一人だけでは到底聞き出せない事柄だったので、少し胡散臭さはあったけれど、今回の吉川の里帰りはラッキーだったのだと素直に心の中で感謝した。

二時間ほど経つと、りんが突然居住まいを正し、膝元の小さなスヌーピー柄のトートバッグからケイタイを取り出す。

「しまった。連絡入ってたのに気付かなかった。悪いことしちゃったわ。あっ、ちょっとごめんなさいね」

りんはかなり慌てた様子で席を立ち、玄関口の方に移動すると、別に声を潜めるわけでもなく誰かと話し始めた。

「あっもしもし、ナカ君。ごめんね、返事遅くなっちゃって。こっちは暑い、暑い。暑いよ、とにかく。そう、頑張ってるんだ。タクちゃんは？　元気？　それはよかった。安心した。うん、待ってるよ。楽しみにしてる。それじゃあね。気をつけて。バイバイ」

それは静かなＢＧＭの流れる店内に異様に響き渡り、ぼくだけではなくたぶん吉川も、そしてそれぞれに食事を摂っている他の客達も、つい耳を傾けてしまうほどの不思議なパワーを感じただろう。それはりんが本来持っている、声音の魅力からだろうか。

それにしても……ナカ君、タクちゃん。いつか運動公園を一緒に歩いた時に一度聞いたことのある名前だとぼくは思った。けれどそれ以上に詮索を入れてしまうことは、今のぼくにはほとほと厚かまし過ぎることなのだと自覚し、何とかその場を凌いだ。

「それじゃあ、私これから買い物があるので。またね、冬星君。それから吉川君。よかったら今度遊びに来てね。私の家、ほらすぐそこのアパートだから。じゃあね、バイバイ。おばさん、お代お願いしまーす」

バイバイ……釣られて阿呆のように笑顔を作って手を振ってから、ぼくは思わずしまった、と思った。三度目の正直で、今度こそせめて彼女のケイタイ番号くらい聞いておけばよかったのだ。それくらいならもしかしてギリギリの許容範囲なのではないかと、ぼくは勝手に自分自身に許可を与えていた。が時すでに遅く、彼女の姿はもう見えなくなっていた。

吉川は相変わらず席で身を固めたまま、焦点の定まらない瞳で窓の外のどこかずっと遠くを見ていた。

「なぁ、冬星……」

「えっ？」

「君達はさぁ……」

「何？」

「君達は一緒にいるべきだよ」

「はっ？」

「一緒にいて、ずっと歌っているべきだよ」

吉川が魂を何かに抜き取られてしまったかのような表情で絵空事を言って、空ろな瞳をこちらに向けた時、ぼくは反射的に、

「何言ってんだよ、オイ吉川！　ふざけんなよ！」

と、大声で叫んでしまった。そしてなぜ彼の単なる思い付きの言葉にそんなに真剣に反応してしまったのかは、自分でもよく理解できなかった。

「直感だよ」

「直感？」

「そうさ。音楽をこよなく愛する者の直感。君達はそうするためにこの世に生まれてきたのだし、またそうするために出会ったのではないかって、そう感じたんだよ。即興であんなにピッタリと息の合ったデュエットが生まれるなんてありえない。ぼくのしばらく停滞していた感性は、驚きのあまりに本当に久し振りに復活できそうだよ」

吉川は突然ギュッとぼくの右腕を握り締めると、そのままグッと勢いよく身を乗り出した。

「お、おい、吉川。何のまねだ」

ぼくはさすがに、あまりの気恥ずかしさにオロオロと落ち着きを失くし、挙動不審と思われても仕方のない行動を取っていた。

「ありがとう……」

「えっ?」

その直後に、彼がオイオイと大声を上げて泣き崩れたので、ぼくは心底穴があったら入りたい気分になった。

会計を済ませる時、今日はぼくが持つからと、吉川を無理矢理外へ追いやった。

「りんちゃんとお友達なのね」

レジを打ちながら少しの嫌味もなく声を掛けてくれたマダムのさり気なさは、揺れ動いていたぼくの心の救世主だった。

「……というか、実際彼女に会うのは、今日で三回目です」

「えっ！」

さすがに驚きの声を上げる。

「それでさっきのあの見事なハーモニー」

今度は大きな目をパチクリとさせた。

「自分でもとても信じられないんですけれど……」

ぼくは正直にそう言った。

「でもりんちゃんにとっては、きっと最高に幸せな出会いよね」

マダムはどこかホッとしたように、肩で息をはいた。そしてそのリアクションが、きっとぼくの知らないりんの事情を彼女が把握している証拠なのだと、勝手に疑惑の念を駆り立たせ、妙に神経をピリピリとさせた。

「ぼくは彼女のことを未だによく知りません。不思議なくらいに……。強いて言えば、歌が好きだということと、名前がりんであるということくらい。それでも、もう少し詳しく知りたいという思いと、それ以上知ってはいけないんだという思いがいつも中途半端に心の中を往復していて、結局今回もそれ以上の進展はありませんでした。どうしてそうなってしまうのかは、自分でもよく理解できないのですが……」

するとマダムがレシートとつり銭を手渡しながら、彼女らしからぬ唐突さで次のように言った。

「実は、りんちゃんはね……私の親友の姪っ子さんなのよ」

彼女の口から飛び出した言葉は、思い掛けなくぼくのずっと気になっていたりんのプロフィールの一部だったので、ぼくは手渡されたつり銭を危うく落としそうになり慌ててしっかり握り直すと、その後しばらく声が出なくなった。

「あら、そんなに驚かないで。私もね、りんちゃんの詳しい事情は知らないのよ。ただね、一年前に東京から一人こっちに出てきて、たまたまアパートがすぐそこだったので、『よろしく』と頼まれただけ。時々体調のよくない日があって、ご迷惑かける時があるかも、とだけは聞いていたけど。でもとっても素直でいい子よ。お話ししていて、どこか癒されるし……。ところであの見事なハーモニカは、あなたのギターに出会ってその魅力を全開にしたわね。それだけは、できればずっと大切にしてほしいなって思った。別に押し付けるわけではないけれど、でも素敵なことだと思うから。今日はどうもありがとう。とても楽しかったわ。またぜひ聞かせてね」

モナ・リザの微笑が一段と輝いて見えた。

ぼくはギターバッグを肩に掛けドアを開けると、軽く手を振った。

店の駐車場の隅にある、銀杏の木の下に止めておいた白いムーブの横で、真っ赤なTシャツの吉川が、何やら天を仰いで立っていた。肩を並べ共に見上げると、ひと足早い夏の太陽がジリジリと容赦なく降り注ぐ。吉川はその眩しい太陽に向かって汗を掻きながら、両手で指揮を執っていた。一点の霞もない青空のオーケストラが、彼に心地よい演奏を送ってくれているようだ。彼の真っ赤な体が揺れるたびに、ぼくはりんの長靴を思い出した。

店のマダムもきっと何か気付いていたに違いない。それでもぼく達は、そのことについて一切何も触れなかった。いやお互いにけして触れてはいけないのだと、心に言い聞かせていたのかもしれない。

眩し過ぎて目を背けるほどの季節に、ぼくはそよぐ風に揺れる木々の暗い影を、なぜかとても愛おしく、そして切なく目で追った。

秋のピエロ

過ごしやすくなった季節がそうさせたのか、それとも自分では信じられないほどの大きな心境の変化がそうさせたのか、ぼくは近頃秋の夜長にペンを執って、詩を書くようになっていた。これという理由もなく勝手に綴られていくその文字は、まるでもう一人のぼくの未知な世界への道標のようだ。

二階の部屋の南側の窓際に置かれた机に頬杖をつき、ボーッと座り、カーテンの開いた窓から星の瞬く夜空を見上げると、静けさの中で鈴虫の声だけが密やかに響き渡る。

その神聖な心地よさに目を閉じてしばし酔いしれていると、にわかに目の覚めるような激しいロックの音楽が鳴り響き、ぼくはビクリと我に返った。それは最近換えたばかりの、机の本棚に置かれたケイタイの着信音だった。

「りん……」

ぼくのケイタイにりんのメールアドレスが加入されてから、早二カ月になる。

「もしもし、冬星……ごめんね、こんな時間に……どうしても声聞きたいから電話にしちゃった」

「いや、別に……」

あれから時々フレンドで顔を合わせるようになり、マダムに勧められてどうしても断り切れず、一度思い切って二人で駅前の広場でミニコンサートを開いてみたところ大反響となり、今ではそれを楽しみにしてくれているファンが増え、街中のあちこちの空地や路上で歌を歌うようになっていた。言わばストリートミュージシャンの端くれのような活動を仕事の傍ら始めていたのだ。

グループ名はマダムの発案でソウルメイト——そう、「魂の仲間」だ。ぼくとりんのハーモニーとシルエットを重ね合わせて、即ひらめいたそうだ。りんが持ち前のインスピレーションで、ひらがなの方があったかい感じがするね、と言ったので、あえなくそのまま「そうるめいと」で決定となった。

「ねぇ、今度のお父さんの老人ホームでのコンサートには、何を着ていったらいいかしら」

「カジュアルでいいよ。たとえばジーパンにトレーナーみたいなさ。余計な気を遣うことはないよ。なんてったって相手は恍惚の人、じいちゃん、ばあちゃんばっかりだからね」

「そうかなぁ……でもじいちゃん、ばあちゃんだからこそ、あえてお洒落してビジュアル的に楽しませるっていうことも、すごく必要じゃないのかなぁ」

りんは珍しく受話器の向こう側で、あれやこれやと試行錯誤している様子だった。

「任せるよ。ぼくはいつもの気楽なパターンで行くから、君は君の思ったとおりのファッションで行けばいい」

と、建前的には物分かりのいいことを言ってはみたものの、できればあの赤い長靴だけはどうにかならないものかと、危うく本心を吐き出しそうになり、辛うじてその一歩手前で踏み止まった。それでもその件に関してだけは、今でも頑なに触れるのを拒んでしまうのが、我ながらもどかしかった。

「あ、それからりん、どうかしてるなんて思わないでほしいんだけど……実はぼく、今、詩を書いているんだ。それでもし、もしだよ、うまく書けたら後で曲を付けてくれないかな。りんならきっといいメロディが浮かんでくると思う。君のそういうセンスはぼくが一番認めているから。だからね、よろしく頼んだよ。この秋、奇跡的にぼくの肩に舞い降りた詩人の魂を救ってくれよ」

「ステキ！」

ケイタイの向こうから、音量の増したりんの声が鼓膜を突き破りそうに響いた。

「いいわよ、いいわよ！　まかしといて！　冬星の詩なら喜んで曲を付けちゃう。そうるめいとは、これからどんどん走り出していくのね」

「オイオイ、こんな夜更けにそんなにはしゃぐなよ。近所迷惑だろ。気をつけろよ。もっと静かに、静かに、シー……」

「シー……。じゃね」

中途半端にプツンと電話が切れた。いつもの彼女のパターンだ。

リズム感は天才的なのに、日常生活のタイミングはとにかくズレている。それが短所というのか、それとも思わずクスッと笑えるのは長所とも言えるのだろうか。

そしてぼくは、そんな彼女の独特な個性にもいつしか違和感を感じなくなり、むしろ最近では親しみさえ感じるようになっていた。

ぼくの父、秋男は、その名のとおり十月生まれの秋の男だ。

車で二十分ほどの老人ホームで、介護福祉士として働いている。

元来賑やかで、お祭り大好き人間で、夏美ねぇと同様、ぼくとは正反対の能天気な性格だった。そう、ぼくの家族は奇しくも、春夏秋冬と日本の四季を織り成す異なった季節に誕生し、よく言えばそれぞれが個性豊かな、率直に言えば自分勝手なわがままな人種の集まりなのだ。

りんの人騒がせな電話の後、再び部屋に静寂が戻ると、久々に机に向かって書き物をしたせいかかなりエネルギーを消耗したらしく、腹の虫がグーッと派手に大きく鳴った。その響きに自分でもマジで驚いたほどだ。エアコンの下に掛かった丸い壁時計は、もうすぐ十一時四十分に届きそうだった。夕食は空き時間の六時頃、カフェ小春で忙しく摂ったので、起きていれば腹が減っても不思議ではない時間だった。

そう言えば下のキッチンのテーブルの上に、珍しく夏美ねぇが作ったきのこキッシュの残りがラップしてあったっけ。ふと思い出すともう居ても立ってもいられなくなり、ぼくはなるべく足音を立てずにゆっくりと階段を降りて、居間とワンフロアーになったキッチンに向かった。引き戸を静かに開けると、電気の点いたテーブルにはすでに先客がいた。

「父さん……」

「なんだ、冬星。もしかしたらおまえも腹の虫が鳴ったか」

父は三切れ残ったキッシュのひと切れを摘まみながら、さすがに少し気まずそうに作り笑いを浮かべて言った。

「夏美にしては珍しく上出来だったよな、今日の料理。腹が減ったらもう一度食べたいというレベルにまで達していた。ハハハ。さぁ、おまえもここに座って一緒に食べよう」

父はいつものハイテンションに戻って、ぼくのために隣の椅子をグッと後ろに引き素早く席を立つと、何やらお盆にグラスと飲み物を載せて戻ってきた。

「父さん、それビールのロング缶……」

ぼくが驚きの声を上げると同時に、父はスパッと勢いよく缶のフタを開け、二つのグラスに豪快に注ぎ始める。

「まぁ固いことを言わずに。こんな日がいつか来ることをずっと待っていたんだ。おまえももうすぐ二十歳だし……」

父はすでに、泡の立ったグラスをぼくの前に差し出していた。

「父さん、ボケたの？　もうすぐじゃないよ。ぼくが二十歳になるのは来年のことだ。まだ一年以上も先のことだよ」

「たかが一年じゃないか。男なんてもんはな、それくらいのルール違反ができるところで価値があるんだ。コチコチの真面目人間なんて、面白くも何ともない。大体おまえはな、いつだって固過ぎる」

「そういう父さんは、いつだっていい加減過ぎるよ」

「どこがいい加減だと言うんだ」

「生き方だよ！　生き方全てが！」

思わず怒鳴ってしまった自分の声に驚いて、ぼくはハッとして口をつぐんだ。そしてその突発的な発言に言い逃れをする余裕もなく、ぼくはただ心の中で「この夜の静寂《しじま》がいけないんだ。この夜の静寂がぼくの心を一瞬にして魔物に変えてしまったんだ」と、ひたすら執拗に責任逃れな思考をめぐらせ、徐々に脈が速まり、心がみるみると苛立ちで乱れていくのを感じた。なぜならぼくは、これまで父の生き方を軽蔑したことなど一度もなかったし、また軽蔑しようなどと考えたこともなかったから。

「ようするに」

突然背後からくぐもった声が響いてきて、父とぼくはビクリと我に返り振り向いた。

夏美ねぇが両手を腰に当てて、部下を威嚇する職場の上司のように、偉そうに厳しい顔つきをして立っていた。

「あなた達は親子でありながら、見事に別人種なわけよ。お互いの生き方に接点がないものだから、いつか対立する時が来たって不思議ではないわ。今夜めでたくその日が訪れたってことね」

夏美ねぇはやれやれと呆れながら前に進み、まだ少し残っているビールのロング缶を素早く手に取り、高く掲げた。

「乾杯しましょう」

夏美ねぇはぼくと父の顔を交互にじっくりと見ながら、歯切れよく夜の静寂《しじま》に響かせた。

「え？」

意表を衝かれ、ぼくは驚き、父はポカンと彼女を見た。

「このノンアルコールのビールでね」

夏美ねぇがクスクスと笑った。

「父さん、最初からそれを言ってくれよ。人騒がせな」

「おまえがどれだけ型破りに近付いたか、反応を見てみたかったんだよ。ハハハ……」

「バカにして……」

ぼくは父の言葉をすっかり真に受けて、出現させてしまったさっきの魔物の発言をどう弁解したらいいのか、後悔というよりも腹立たしさで胸が一杯になってしまった。

「まあ、いい。来年のクリスマスイヴは、正々堂々と生ビールで乾杯しよう。今から楽しみだな。だから取り敢えず今夜は……」

ゆっくりとノンアルコールビールのグラスを掲げた父に、「何に乾杯なの?」と、夏美ねぇが素っ気なく聞いた。

「そうだな……」

父は柄にもなく小首をかしげ、

「そうだ! どうせなら十日後の父さん主催の老人ホームでの、おまえ達そうるめいとのミニコンサートの成功を祈ってだ。それがいい。どうだ?」

と、声を高らげ一人で大いに盛り上がっていた。

「どうする、冬星」

夏美ねぇの冷めた声に、「何でもいいよ」とほとんど白けた雰囲気でぼくが答えると、直後に「カンパイ!」と、父の浮かれた声が上がった。

「カンパイ……」

ロング缶に二つのグラスが重なり、カチッと音を立てる。

ぼくと父の向かいに夏美ねぇが偉そうに座り、残りのロング缶のビールをゴクゴクと飲み干した。隣の父もうまそうに飲み干している。ぼくはゆっくりと口を付け、ほんの少しだけ流し込むと、その苦さにノンアルコールでも十分に酔ってしまいそうな気分になった。

「母さんは少し風邪気味だって言ってたから、みんな静かにね。ゆっくりと休ませてあげましょう。これからはできるだけシー……、小声でね」

威力ある夏美ねぇの忠告に、父とぼくは触らぬ神にたたりなしと忠実に従った。


そもそもぼくが、父の生き方をいい加減だとののしってしまったのには訳がある。

父は三年前まで、中学校の社会科の教師をしていた。教育熱心というよりも親しみやすい人柄で生徒達から信頼され、個人的な相談も幅広く受け入れていた。

そんなある日、二年を担任した時の女生徒から、両親と祖父母の折り合いが悪く日々心配が絶えないと聞かされた。その女生徒は成績もよく品行方正で、普段からクラスをよくまとめてくれていたので父はつい親身になり、その子の表情が曇るたびに放っておけなくなり、個人的に家庭訪問までするようになっていた。

しかし父が親身になり過ぎたことで事態は却って悪化し、余計なお世話だと言わんばかりにその子の両親に非難され、結果的にその子は祖父母を残して両親と共に家を出、隣町の中学校へ転校することになってしまったのだ。二学期の終わりのことだった。

これにはさすがに父もショックだったのだろう。いつも賑やかに一日の出来事を面白おかしく話してくれる習慣があったのに、その日からはほとんど会話もなく、食事が済むとすぐに部屋に籠もってしまい、とても同一人物とは思えないほど暗く沈んだ日々を送るようになった。そして翌年の三月、卒業式が終わるのを待って、父は誰に相談することもなく密かに、校長に辞表を提出したのだ。

少なくともそれまでぼくは、人望があり何事にも前向きで明朗な父を、一人の教師としてもまた一人の人間としても心から尊敬していた。だから迷わず父と同じ教師の道を歩もうと猛烈に勉強したし、名門の進学校に合格できた時は飛び上がるほど嬉しかった。まさかその目標が初っ端から危ぶまれようとは夢にも思わなかったから。

入学してから目標はあやふやになってしまったけれど、習慣付いていた勉強だけは真面目にやった。真面目にやったというよりも、今にも空白になりそうな哀れな心を無理矢理厄介な数式で埋めようとした、と言った方が正しいかもしれない。

父はそんなぼくの複雑な心境など全く知る由もなく、毎朝早くから茶色いカバンを提げて、機嫌よくどこかへ出かけるようになった。夏美ねぇがそれとなく追及すると、ヘルパー二級の資格を取るための講習に通い始めたとのことだった。とにかく父の行動の趣旨が全く読み取れない日々がしばらく続いた。

そして数カ月後、父は現在の老人ホームで働くようになったのだ。父は今年実務経験を経て、介護福祉士の国家資格を取得した。思えばずっと主婦をしていた母がカフェを開くようになったのも、そんな父のわがままな決断を受け入れ、少しでも家計の足しになればと奮起したからだろう。そういう意味では、家族皆にほとほと心配をかけた。

春夏秋冬、それぞれに自分勝手な人種ではあっても、それぞれに思い悩んだことは確かなのだ。今では何事もなかったように恵比寿顔をして、昔以上におめでたいお祭り男になっているけれど。

「しかしりんちゃんには恐れ入ったな。ハーモニカと一体になったあのリズム感には、神風が吹いていた。それに透明感のある高く澄んだきれいな声。天使の歌声とでもいうのかな。夏美に聞いて駅前のコンサートに顔を出して、やばいくらいに即とりこになったよ。これはぜひ一度我が施設で歌ってもらわにゃ後悔するぞと、あの時の直感は正しかった」

父はノンアルコールのビールで、少し饒舌になっていた。

「それじゃあ、隣りに立ってギターを弾く男は、透明人間か何かかな。そうるめいとは一応ペアになっているんだけどね」

ぼくは少しムッとして、残りのビールを無理にグッと飲み干した。

「ほら、ほら、冬星。せっかく乾杯したのに、つっけんどんに返さないの。親子なんて所詮そんなもんよ。お互いを誉めることが苦手で。りんちゃんを誉めているということは、同時にあなたのことも誉めているってことなの。そのくらいのこと、もう子供ではないのだから察しなさいよ」

夏美ねぇがここぞと姉さん風を吹かせ、ぼくをたしなめる。

「でも驚いたわね。まさか園長先生の姪っ子さんが、あなたと一緒に今こうしてペアを組んで歌っているなんて。りんちゃんとは春先に、捨て猫だったラブミーを連れてきて園で預かることになった時から面識があるけど、初めて会った時から何ていうのかしら、とっても純粋でかわいい娘だなって思ったの。一年前に東京からこちらに出てきて、アパートで独り暮らししいけど、詳しい事情は今でもよく聞いていないわ。ほらどこの家でも、それ以上立ち入ってほしくないことってあるでしょう。だからりんちゃんの東京での生活のことは、誰も聞かないし触れない。だけどそれでいいんだと思うのよ。りんちゃんは歌が好き。純粋に好き。そしてそんなりんちゃんにあなたは偶然に、いやもしかしたら運命的に出会った」

ぼくは夏美ねぇの話を聞きながら、やはり頭に思い浮かんでいたのは、あの細いふくらはぎを包み込む赤い長靴だった。

夏美ねぇも正直なところ、りんとの接点を持っていたのなら、心のどこかで受け入れがたい疑問を感じ、言葉に出してみたい衝動に駆られたこともあっただろう。それでも強いてその部分に触れようとしないのは、たぶんぼくや父やフレンドのマダムと同じように、目に見えない何か大きな力にストップをかけられているからだと思う。

思えばまだ春浅い頃、公園でラブミーを見かけてから、それはまるでりんという一人の少女のレールに乗ってしまったかのように、身近な場所で思い掛けないつながりに出会った。ラブミーは夏美ねぇが勤務する幼稚園で飼われ、その園長はりんの伯母さんであり、またフレンドのマダムの親友でもあった。りんはフレンドの近くのアパートに住み懇意にしてもらっている。音楽家を目指す吉川が、りんのハーモニカと歌声に魅せられ、ぼく達のデュエットを奇跡だと言った。ぼく達は一緒にいるべきだとも言った。そしてフレンドのマダムが付けてくれたグループ名「そうるめいと」。

ぼく達はその名のとおりソウルメイトとして、もともとクリスマスイヴという特別な日に、ほとんど同時にこの世に生を受ける運命にあったのだろうか。世の中には確かに不可解な偶然は数あるけれど、この偶然には何かもっと奥深い、抵抗不可能な宇宙を司る引力にも似た壮大な力を感じる。正確に言葉で表現することは難しいけれど。

「何はともあれ、冬星。いい娘に出会ったってことだな、おまえは。これからもずっと末永く応援するぞ」

父は顔を緩ませ、にっこり笑った。

「そうね。じゃあ、最後にもう一度だけ乾杯して寝ましょうか」

夏美ねぇが言った。

「何にだ。ビールはもう空だぞ」

父がグラスを覗き込む。

「つべこべ言わない。じゃあ、りんちゃんに。カンパイ」

「カンパイ!」

「シィーッ……」

ぼく達は電気を消して、それぞれの寝室に足音を立てずに向かった。


翌週の日曜日の老人ホームでのコンサートの日は、あっという間にやって来た。

約束の十時にぼくとりんは、白のムーブで向かった。相変わらずファッションセンスのないぼくは、いつもと同じジーパンにロンT、地味なグレーのパーカーというさえないパターンだったけれど、助手席のりんは、化粧からしていつもよりかなり念入りで、長い付けまつ毛がパタパタと音を立てそうだった。白地に大きなひまわりの花柄のブラウス。少し短めの黒いジャケット。真紅のミニスカートに白い銀のラメ入りのストッキング。とにかく体を覆う全ての部位が極めて派手目だったので、足元の赤い長靴が却って目立たなかったのが救いだった。

「気合い入ってるな、りん。そのままの勢いで、東京ドームでコンサートが開けそうだよ」

ぼくはチラチラと横目で彼女を垣間見ながら、何とか傷付けないように誉め言葉を探すのと、笑いを堪えるのに必死だった。

「それはそうよ。おじいちゃん、おばあちゃんには、とにかく大サービスしてあげなくちゃ。見るもの聞くもの全てにおいてね。苦労しながら長生きしてきて、今楽しませてあげなければバチが当たるわよ」

「ということは、ぼくはすでにバチ当たり決定！　ってことかな」

りんはぼくの体を上から下へと念入りに見渡して、「かもね」と言いながら爆笑した。

「ま、その分ぼくは、歌で精一杯サービスするよ。今日はぼく達の初のオリジナルソングも披露できるんだしね。りんの作曲のセンスはやはり半端じゃなかったよ。ぼくの勘は大いに当たってた」

少し大げさくらいに誉めて、まさか聞いているのかと思ったら、りんはいつの間にか色とりどりの継ぎ接ぎ柄のショルダーバッグからケイタイを取り出し、真剣に誰かと話し込んでいた。

「もしもし、ナカ君。うん、今日はこれからコンサート。タクちゃんは？　えっ、朝寝坊してる。それは困ったわね。相変わらずだわ。置いてかないでよ。うん、待ってる。楽しみに待ってる。じゃあね。気をつけて。バイバイ……」

ホッとしたようにパタッとケイタイを閉じる。

いつものあの相手だ、と自動的に心は反応したけれど、最近は誰だろうと強いて問い質す気にもならなくなった。それは別に誰だっていいとも思ったし、またいつか彼女の方から話してくれる日がきっと来るのだろうと、そんな確信めいた心が生まれつつあったからだ。取り敢えず今、彼女はぼくの側にいる。ぼくの側にいてこうして一緒に歌を歌っている。同じ目的に向かって共に歩んでいる。そう思うだけで、空虚と戦った長い日々が徐々に癒やされていき、けして無駄ではなかったのだと、そんなふうに考えられる余裕ができてきたのだ。

父の勤務する老人ホームは、車で二十分ほど北に向かった街外れの山間にあった。

竹林の続く細い山道を少し登ると、間もなくそのままゴルフ場に向かう右手の道と、下っていく左手の道の二股に分かれ、後者をゆっくり下りていくと、やがてレンガ色の屋根のまるで絵本にでも出てくるようなかわいらしい造りの平屋が、二軒ほど並んで見えてくる。

その南側の空いた駐車場に車を止め、りんと二人外に出た。山際の楓が色鮮やかに紅葉していた。

「デイサービスいこいの森」と書かれた味のある木製の看板を目指して歩くと、その後方の施設の玄関先で、やけに目立つ原色の衣装を身に着けた人影が大きく手を振っていた。

「ようこそ、いこいの森へ！」

もう少し近付き、その人影が甲高い声で叫んだ時、ぼくは思わずギョッとした。

ブカブカのスカイブルーのシャツに黄色いサスペンダー付きのルビーレッドのパンツ。金色のとんがり帽子にオレンジ色の大きな蝶ネクタイ。鼻の頭とホッペに丸い真っ赤な色紙が貼られていた。

「父さん！」

その人影はまちがいもなくぼくの父、秋男だった。

「何だよ、そのカッコ……」

思わず呟いてしまう。

「見りゃぁ分かるだろう。ピエロだよ、ピエロ」

ぼくが呆れ返ってしばらく声を失っていると、りんは隣で、

「キャー！　かわいい、最高！　秋男ちゃん！」

と、跳び上がらんばかりの歓声を上げた。

おだてられて気分の乗った単純な父は、その場でくるりと一回転し、不自然極まる決めポーズを作って右手を差し出し「さあ、どうぞ！」と、ぼく達を中へ案内するつもりだったのだろう。残念ながらそのままバランスを崩し回り切れず、派手に尻もちをついて初っ端から惨めに終了となった。

施設内に足を踏み入れると、広々としたデイルームのテーブルは全て後方に寄せられ、整然と並べられた椅子には、すでに第二の人生をも見送ったであろう観客達が、静かに座って待っていた。前方のクリーム色の壁には〝そうるめいとコンサート〟と、ブルーをオレンジで縁取った大きな横書きの貼り紙がしてあって、周囲は手作りの色とりどりの花で埋め尽く

されていた。まるで百歳を迎える元気なご老人の誕生祝いでも始める雰囲気だ。

そしてその正面のささやか空間が、ぼく達の今日のステージだった。

「皆さん、お待たせしました！」

先程すでに天然の証明のような名演技を見せてくれたピエロが、ステージ中央に現れる。

「さあ、いよいよですね。今や我が町の大スター、近い将来は紅白出場もけして夢ではない『そうるめいと』のコンサートの開幕です。一緒に歌ってよし、踊ってよし、とにかく皆さんの可能な機能をフルに使って楽しんでください。さあ、どうぞ！　そうるめいとのお二人です！」

父さん、それちょっとオーバーじゃないかとも思ったけれど、親子で批判し合っている場合でもなく、ぼくはりんと共ににこやかにステージに立った。

ぼく達はいつものスタンダードナンバーに加えて、老人向けの童謡や歌謡曲も精魂込めて歌った。間奏にりんのハーモニカが絶妙に響き、思わず涙ぐむおばあちゃんさえいた。もちろん若いスタッフ向けのアップテンポな曲も数曲取り入れ、それぞれが手にした鈴やタンバリンで軽快にリズムをとり、バンバン盛り上がってくれた。

相変わらず演技なのか天然なのか見分けのつかないピエロが、おどけたパフォーマンスを繰り返し爆笑の中、ぼく達のコンサートもいよいよクライマックスへと入る。

ぼくとりんはピタリと動きを止め、静かにデイルームを見回した。

そして十秒、二十秒……沈黙が続いた後「ありがとうございます」と声を揃え、ゆっくりと頭を下げる。ワーッという歓声と共に大きな拍手が湧き起こった。りんが嬉しそうに飛び上がり、赤い長靴も軽やかに弾んで見えた。

「最高！　幸せ！　おじいちゃん、おばあちゃんが喜んでくれた」

りんはそのまま、すぐ目の前の席に座っていたかなり高齢かと思われる老人に抱き付き、広いおでこにキスをする。

「オイ、オイ、りん。止めろよ。相手は立派な男性だぞ。離れろよ」

ぼくが騒いだところで、その勢いは止まりそうになかった。その上瞬間的にその光景は、あの公園でのハプニングを甦らせ、にわかに羞恥心とも罪悪感ともつかぬ心境に陥らせてしまう。能天気なピエロはこの上なくご機嫌で、くるくると踊りながらデイルームを回り始めていた。

「あのう、皆さん……」

ぼくはその全ての動きをもう一度止めるように声を掛けた。

そしてりんが元の立ち位置に戻るのを確認してから、話を続ける。

「実はぼく達そうるめいとは、ぼく達の初のオリジナル曲を、今日のこの日のために一生懸命練習してきました。ぼくが初めて書いた詩に、りんが曲を付けてくれたんです。その初披露の場をどこにしようか二人してかなり迷いましたが、『いこいの森』の皆さんにお会いできると決まってからは、すぐにここだと意気投合しました。そしてその時が今正にこうして訪れて、正直心臓がバクバクしています。壊れてしまいそうです。それでも今この時に歌いたい気分、りんと二人……皆さん聞いて頂けますか?」

「いいぞ! 楽しみー!」

再び割れんばかりの拍手。

「ありがとうございます。それではオリジナル曲――『風のオアシス』です」

その曲は、流れるようなりんのハーモニカから始まった。

風のオアシス

一、風はいつも気ままだね
行き先も告げずに知らん振りで通り過ぎていく
だからぼくの寂しさなんて気付くはずもないのさ
せめて春は、空に舞い上がる桜の花びらをつかみ取ろうよ
空が少しだけ近くなる
光が少しだけ手に届く
風のオアシスが知りたくなる

地にしっかりと足を着け
振り向くとそこに君がいた

二、時はいつも急ぎ足だね
目的地に辿り着けぬままタイムリミットがやって来る
だからぼくの理想も遥かに感じてしまうのさ
せめて夏は、夜空を飾る花火のはかなさを見送ろう
流れ星がひとつ落ちる
月の灯りに手をかざす
願い事はひとつでいい
夜の人ごみの中で
ほんのりと光って見えた君

三、夢はどうしてはかないの
届きそうにもなるけれどやっぱり風は知らん振り
ぼくの明日は曇りガラスの向こうかな
せめて秋は、祭りの太鼓で陽気なピエロを演じよう

舗道の落葉が踊り出す
街に活気が溢れ出す
泣いている子も笑ったよ
体でリズムをとっていると
隣で歌ってくれた君

歌い終わって余韻を残すようにりんのハーモニカが響き渡ると、続いてアンコールの拍手が湧き起こった。スタッフはともかく、老人達のどこにそんなエネルギーが残っていたのだろうかと、耳を疑うほどそれは力強かった。あらかじめ用意しておいた曲を全部歌い切ったけれど、アンコールの拍手はなかなか鳴り止まなかった。

やがて心地よい緊張感から逃れるように、施設の玄関口から一歩踏み出すと、いつの間にすり抜けたのか相変わらず鈍くさい、天然ボケをパフォーマンス化してしまっていて、それでもどこか笑えるピエロが、へんてこな笑顔で見送りに出ていた。そしていつまでも大げさに手を振りおどけて見せるその姿に、もしかしたら彼は元々教師よりも本当はこういう仕事に向いていていて、ようやく辿り着けたのではないだろうかと、確信とも錯覚ともつかぬ思いにとらわれた。

だとしたら、一度は心底軽蔑し信頼を失ったものの、心のどこかではずっとそんな彼の背中を変わらぬ理想として崇め、無意識に追い求め続けていたのかもしれない。

駐車場の車の前に、一人の少女が立っていた。近付くとボブヘアがとてもよく似合い、予想していたよりもかなり大人びて見えて、ぼく達と同じ二十歳前後の大学生くらいかとも思われた。ボランティアか実習生の一人なのかもしれない。

「お疲れさまでした」

彼女はぼく達に向かって少しはにかみながらも、丁寧にお辞儀をした。

「あのう……」

そして食い入るように、今度はストレートにぼくの目を見て、

「本当に感動しました。全ての曲が心の奥に熱く響きました。ありがとうございました」

と、かなり言葉に力を込めて興奮気味に礼を述べて、それからゆっくりと照れくさそうに右手を差し出した。

「握手してください、冬星さん。あのう……先生の息子さんですよね」

「えっ？」

ぼくは先生という言葉に驚くほど敏感に反応してしまい、握手するタイミングがかなり遅れてしまう。それでも小さな温かい手をぎこちなく何とか握り返すと、初対面のはずなのにその手の温もりから、なぜか遠い日の懐かしい思いがどんどん伝わってくる気がした。

「ありがとう……それで確か君はさっき、先生って言ってたよね」

つい気になることを口にしてしまう。

「そうです。私は三年前、中学二年生の時、野坂先生のクラスの生徒でした。神山陽子と申します。野坂先生はとても親切で、そして頼りになって、私ついつい甘えてしまい、家のことでずい分と迷惑をかけてしまいました。今でも本当に申し訳なくて……」

その時ぼくの脳裏には、咄嗟に三年前のあの別人のように暗く塞ぎ込んでいた父の姿が、ありありと浮かんできた。そして今目の前にいるこの少女こそが、あの時の父の人生を大きく変えるきっかけとなり、ぼくから彼への尊敬と理想を奪った張本人なのだと悟った。

「いや、父からは別に何も聞いていませんよ。いつもあんな風で、マイペースですから」

思わず嘘をつく。

「そうよ。秋男ちゃんはいつもお祭りみたいに賑やかで、愉快で、ピエロみたいに人を笑わせるのが得意なのよね。私、だーい好き！」

ぼくの後方に立っていたりんが突然しゃしゃり出て、かん高い声で父を誉めまくり、最後に歯切れのいいハーモニカの音色でピタリと締めた。いつものズレたタイミングが、今日はベストタイミングに近かったのが、ぼくの中ではまれに見る彼女の奇跡だった。

「そうです。先生をずっと好きで尊敬してきたことは、私も一緒です。だって先生は、私達が無責任に家を出てからも、残してきた祖父母のことを忘れずにいてくれたのですから……。先生はいつの間にか介護士になっていて、このいこいの森で、二人きりになった私の祖父母の相談相手なってくれていたんです。それを知った時は、驚きと感動で胸が張り裂けそうになりました。家を出ていった私達の代わりに、人知れずずっと面倒を見ていてくれたなんて……、それってすごいことです。ありがたいことです。先生って神様です」

それから少し間を置き、彼女は真剣にぼくを見た。

「だから私、決めました。私も先生と同じ介護職に就きたいって。そうして世の中の寂しいお年寄りの話し相手やお世話をしたいって。最近こうして先生にお願いして、休日にボランティアをさせて頂いています。それにここに来れば、私の祖父母ともたくさん話ができるし、とても救われます。今日は思いがけなく、そんな大好きな先生の息子さん、冬星さんとりんさんのコンサートも聞かせて頂いて、超ラッキーです。特に最後のオリジナル曲『風のオアシス』は最高でした。この世の中で一番大切な人に聞かせたい曲ですね。ずっとずっと歌い続けてください、これからも。心から応援しています。ありがとうございました」

そしてもう一度深々と頭を下げて、高校生らしい爽やかな笑顔を残し、デイサービスの職務に戻っていった。

「ねえ、冬星、秋男ちゃんは今でも立派な先生なのね」

走り去る少女の後ろ姿をずっと目で追って、りんがしみじみと呟いたのは今日二度目の奇跡だったかもしれない。

「そう、かな……」

「あの子がちゃんと証明してるわよ」

ぼく達がほとんど同時に目を向けた施設の玄関先で陽子が立ち止まり、こちらに向かって大きく手を振っていた。

父は確かに憧れの教職に就いたけれど、たった一人の生徒のためにその職務を失った。そしてその時点でぼくの追い求めていた理想も同時に消え去り、空洞になったぼくの心を全て父の責任と恨むことで納得させようとしていた。あの夜、父の生き方を「いい加減過ぎる」とののしってしまったけれど、本当にいい加減で卑怯者かつ意志薄弱だったのは、実はこのぼく自身の方ではなかったのかと、今日のあの子の出現で改めて思い知らされたような気がする。

形こそは変えたけれど、父はずっと自分の生き方や信念を変えることなく頑固に守り続けてきたのだ。けして明るくおどけて見せるピエロの姿だけが、彼の全てではなかった。

「今日はありがとうな、りん。お陰で親父孝行もひとつできたよ」

「私も秋男ちゃんのためになって、とっても嬉しい」

りんの純粋な瞳に、太陽の光はより輝きを増して反射した。

そういえば……今日は慌ただしさで珍しく一度も気にかけなかった彼女の足元に、いつもの習慣のごとく目をやる。赤い長靴は相変わらずそこで、軽快に飛び跳ねていた。

「あっ、ちょっとごめん……」

いつものズレたタイミングの到来だ。りんはショルダーバッグから、例のケイタイを取り出し話し始めた。

「もしもしナカ君。うん、無事終わったよ。オリジナル曲の『風のオアシス』も大反響。今度聞かせてあげるね。タクちゃんは？　お昼寝？　それ以上太らないようにって注意しておいて。うん、じゃあ待ってる。気をつけてね。バイバイ……」

パタッとケイタイを閉じる。ぼくはその、いつになく哀愁の漂った華奢な背中に、

「今日は二度目だね……」と呟いた。

「そうよ、心配してくれているのよ、いつだって……あいつったら何かある時には特にね。ずっとそうしてくれているの」

「そう……君も幸せ者だね。そうやっていつも気に掛けてくれる人がいて」

「そうね、すごく幸せ者ね。私には冬星もいて、そしてナカ君もタクちゃんもいる」

たぶんその後の言葉を、ぼくは聞かずにいた方がよかったのかもしれない。いやずっと聞かずにいるべきだった。

「遠くにいるの？」

「まあね。旅が好きな人達だから、あちこち回っているの。今はどの辺りにいるのかしら。でもね、どんどん近付いていることは確かよ。だって電話の声が日増しに大きくなっているもの」

「へえー、電話の声って近付いてくると大きくなるものなの？」

ぼくはつい半信半疑でそんな質問をしていた。

「なるわよ、冬星。当然でしょう。いやだわ。それでなくたってナカ君の足の速さはちょっと有名なのよ」

「ちょっと有名。そんなに俊足なの。それじゃあ、今や日本の陸上界を賑わしている人かなんか」

「ううん、もっともっとよ。世界的よ」

「世界的。それはすごいな。ということは、オリンピック出場経験者で、メダルを獲得したことのある人とか」

ぼくは徐々に興奮し、好奇心で胸が一杯になって、気が付くと子供のように身を乗り出していた。

「ううん……」

りんの次の言葉が、こんなに待ち通しかったことは今までにない。

「その人はね……」

「その人は？」

妙に胸が高鳴る。

「ラップランドのトナカイ」

「えっ？」

極めて冷静にその言葉を受け止め、極めて冷静にそれって誰だろうと考える。

——ラップランドのトナカイ……。

「えっ！」

時が止まった。

最初はいつものりんのズレたジョークかと思い、笑い飛ばしそうになったけれど、今日だけは少し違っていた。

次の瞬間、赤い長靴が彼女を支配する妖怪のように見えてきて、思わず目を逸らした。それはぼくの心の中で徐々に広がり、深刻化し、やがて見上げた取り分け高く眩しい秋空に、ピエロの笑顔と泣き顔が交互に映り、そしてゆっくりと風のように消えていった……。

冬の夢

　十二月に入りさすがに寒さが身に染みる日々が続くようになったけれど、母の小春だけはどこかウキウキと弾んで見えた。カフェ小春の営業中にも時々未知な電話が入り、何か熱心に打ち合わせをしている様子だった。

　ここのところ少し若返った気がする。

「冬星、今年のクリスマスイヴは、ここでコンサート開きましょう。りんちゃんを呼んで、二人のバースデーパーティも兼ねてね。もし他に予定がなければの話だけれど」

　昼食のピークを越えた昼下がり、手持ち無沙汰でカウンターでボーッと頬杖をついていると、ピザとコーヒーを差し出しながら母が言った。

「何か嬉しそうだね」

半分冷やかし気味に聞いてみる。

「そりゃぁ母さんだって、時には夢を見るわよ」

「夢を？」

思わず呆れた声を張り上げてしまったぼくに、母は、「どっちが若者なのか分からないわね」と言って、大声で笑った。

「あっ、そう。夏美から連絡が入ったんだけれどね。近いうちに園長先生が、家のカフェでコーヒーを飲みたいっておっしゃってるらしいの。何かお話ししたいこともあるらしくて、その日だけ表向き午後休業にしたいと思うのよ。冬星にはいつものように半休あげたいのだけれど、残念ながらあなたのこともご指名ということでよろしくね。ありがたいことだわ」

何がありがたいのか、ぼくにはさっぱり分からなかったけれど、母は益々上機嫌になった。

最近急に寒波が押し寄せてきたことと、店の仕事の関係で、りんとのストリートライブもかなり疎遠になっていたけれど、久し振りにメールが入り、これから母の許可を得て出かける予定になっていた。

「りんちゃん待ってるわよ。食べたらさっさと行きなさいよ」

母は例のごとく、ぼくを勢いよく追い払った。

白いムーブは、直接りんのアパートへと向かった。りんは真っ白なボアパーカーに身を包み、相変わらずの赤い長靴で足踏みをしながら玄関先で待っていた。

「ごめん、待った？」

「ううん。今ね、フレンドでホットサンドを食べて戻ってきたところ」

ほとんどノーメイクのりんの頬は、ほんのりと桜色だった。

「さぁ、乗って」

ぼくの掛け声と共に、りんは身軽にムーブに乗り込む。

「……で、どこ行きたいの？」

シートベルトを真剣な眼差しで装着する彼女の横顔に問い掛けると、答えはすぐに返ってきた。

「一番高いところ」

「えっ？」

エンジンを掛ける手をふと止めて、ついそのまま見つめてしまう。

「一番高いところよ。ほら一番空に近いところ、この周辺で……」

益々意味が分からなくなり首を傾げていると、りんは正面を向いたままクスクスと笑い始めた。

「……って、ビルとか山とかっていうこと？」

「そうよ、それ、それ。正しくそれよ」

今度はテンションを急上昇させて、当たりと言わんばかりに人差し指を真っ直ぐぼくに向け、瞳をキラキラさせる。

「じゃあ山か。ほら、あそこに見えるラクダの背中みたいな山ね。あれはぼくが子供の頃、父とよく登った山なんだ。頂上に見晴台があって、S字型の滑り台やブランコ、それに確か馬やパンダなどの動物の形をした遊具なんかもいくつか置いてあったと思うよ。本当にあれ以来ご無沙汰していて、一度も登ったことがないんだけれど」

「そこよ、そこ。いいわね、決定！」

りんはそれから、両手をパチパチと大げさに叩いて喜んだ。

ぼくはいつもの彼女のペースに乗せられ、他を考える余地もなく、その山に向かうことになった。

高さ二〇〇メートルほどのその山は、この辺ではちょっとしたハイキングコースになっていて、休日はかなりの老若男女で賑わうこともあったが、今日は冷たい北風が強いのと平日ということもあって、人影もなくひっそりとしていた。

所々ペンキの剝げた白いブランコが、風でひとりで揺れている。枯葉が真っ青な高い空に舞い上がった。いつの間にか木製の見晴台に登っていたりんが「ねぇ、冬星」と手招きしている。ぼくも慌てて後に続いた。

「向こうに見えるほら、あの山ね……」

ぼくが肩を並べるや否や、りんは遥か北を指差してどこか愛おしそうにそう言った。

「雪をかぶってとってもきれい。純白でキラキラ光っているのかな。行ってみたいな……。この辺はいつ降るのかな」

りんは雪に憧れている。ぼくも幼い頃はそうだったけれど、いつからか気が付くと現実的で、雪は積もるとやっかいなもの迷惑なものだという印象で凝り固まっていた。

寂しいことだけれど、彼女のそういう幼稚性に触れるたびに、少しだけ純粋にきれいな部分だけを見つめられた頃の自分を思い出せそうで救われる。

「それに、あの一番背の高いビルの屋上に見える森ね。あの森はきっと、この山に早く帰りたいと思ってるよね。きっときっとそうだよね。だって森の故郷はいつだって、この大きな山の懐にあると思うから」

あのビルの屋上の森とは数種類の植木のことで、自然を愛するあのビルのオーナーの精一杯の工夫なのだろう。りんの感性は、少しの霞もなくストレートで共感すると共に、また硝子細工のように繊細で透明すぎて、触れるとすぐ傷付いてしまいそうで怖かった。

彼女は見晴台から降りると、街並みが一望できる備え付けの水色のベンチに座った。

そして膝に乗せたいつものショルダーバッグから、ケイタイを取り出す。

「もしもし、ナカ君……」

ぼくは近くのブランコに乗り少し揺らしながら、それとなく彼女の話に耳を傾けた。

「うん、今ね、高いところにいるの。あなたに少し近付いたようで嬉しい。タクちゃんは？

そう、さすがに気合い入ってきたのね。うん、頑張ってね。じゃあ、待ってる……。バイバイ」

ナカ君……ぼくは思った。

それはラップランドのトナカイ。トナカイのナカ君？

それじゃあ、タクちゃんは……。

サンタクロースのタクちゃん？

ぼくはとても現実とは思えない、夢の中のおとぎ話にしてもまだ語り尽くせない、途轍もない空想を心の中で繰り広げていた。

「りん……」

ブランコからポンと飛び降り、彼女に近付く。

「いつもの友達？」

隣に座った。

「そうよ。間もなくやって来るの。会えるのよ。ずっとずっと待った甲斐があったわ」

「そう……」

しかしそれ以上、その電話について追及するつもりはなかった。

ただこの数カ月間いつも隣に立ち、ハーモニカを吹き、ぼくのギターに寄り添い歌を歌ってきた彼女が、今日はやけに遠くて初対面の他人のようで、それでいてやけに愛おしく感じた。冷たい北風が吹き抜けるたびに、そうしてはいけないと思う心とは裏腹に、彼女のぬくもりを求めたくなる。それでもそうしてしまうことで、今隣にいる彼女が、今度はもっと果てしなく遠いところへ飛び去り、消えていってしまいそうで、とても勇気が持てなかった。

「ねぇ、冬星……」

ぼくはりんの呼び掛ける声で、ハッと我に返った。

「なにっ?」

「あのオリジナル曲の『風のオアシス』ね」

「ああ、りんのメロディは最高だって評判になったね。間もなく帰ってくる吉川にもぜひ聞かせてやりたいよ」

「あれってさぁ……」

珍しく考え込むりんの真剣な横顔を見て、ぼくはなぜか原因不明の不安感に襲われた。

「まだ未完成だよね、たぶん」

「えっ?」

「だって、春、夏、秋のぼくの心は語っているけど、冬のぼくはどうなるのかなって、ちょっと思っちゃった。そうなんでしょう。まだ続きがあるんでしょう、きっと……」

咄嗟に答が浮かばなかった。それでもぼくは全くその通りだと思ったので弁解の余地もなく、「恐れ入りました、りん様。鋭いご指摘で」と故意におどけて父まがいのピエロを演じ、オーバーなリアクションで一礼をした。そして無理に笑顔を作り、「そのうちにね……」と曖昧に答え、話を逸らす。続けて、「今日は歌わないの?」と聞いてみた。

「歌わないの。今日は心の中があの遥かな雪山のことで一杯になってしまったから、声が出そうにないの」

「そう……君にとってあの雪山は、それほど大切なものなんだ」

こっくりと頷いたりんの表情は幼女に戻っていた。

「とってもね。だから私、すごく感謝してるの。あなたが今日、ここへ連れてきてくれたこと。ありがとう……」

彼女のくすみのないストレートな眼差しが、痛いほどぼくの心を貫いた。

「いや……」

冷たい北風はどんどん強くなった。それでもぼくは、凍り付くことをしっかりと覚悟できた野良猫のようにその場で身をかがめ、地面から舞い上がる無数の枯葉をじっと目で追っていた。


夏美ねぇの勤務する幼稚園の園長先生がカフェ小春を訪れたのは、それから三日後の土曜日の午後だった。

「いらっしゃいませ。まぁ、園長先生、いつも娘がお世話になりまして。ご苦労さまです。

「さあ、こちらへどうぞ」

母は持ち前の親しみやすさと慣れた接客対応で、園長先生をそつなく落ち着ける奥の窓際の席へと案内した。園長先生は夏美ねぇから聞いていた年齢よりも、ずっと若く見えた。ストレートでサラサラの栗色のショートヘア。小顔で童顔だけれど、きりりとした輝きのある両眼は、知性を感じさせた。小柄でシャンと背筋が伸びてスタイルがよく、紺のハイネックに品のあるオレンジ系の柄物のストールを巻き、黒のストレートパンツが長い脚を更に引き立たせていた。手に持ったベージュのコートさえとても粋に見える。

母はさり気なく園長先生のコートを受け取り、近くのハンガーに手際よく掛けた。

彼女は相変わらず凛とした姿勢のままゆっくりと、運動公園が見渡せる窓際の席に座る。

母が自慢のコーヒーをお盆に載せ、カウンター越しにぼくに差し出すと、ぼくはいつもよりかなり緊張気味にそれを受け取り、彼女のテーブルに恐る恐る運んだ。

「まぁ、いい香り……」

彼女は白いコーヒーカップを見つめ、穏やかに微笑む。

母は手作りのシフォンケーキを持って彼女のコーヒーカップの右側に並べると、「ようこそ」と、自然な笑顔を添えて正面に座り、ぼくを隣に座るように促した。

そしてぼくが席に着くや否や、園長先生は改まって姿勢を正し、丁寧にお辞儀をした。

「りんが大変お世話になりまして……ご挨拶がすっかり遅くなり申し訳ございません」

ぼくも母もその返答に明らかに戸惑ったけれど、やがて母が確信を持った面持ちで言った。

「お世話になっているのは、むしろこちらの方ですよ、園長先生。りんちゃんの明るさと温かさには、どちらかというとネガティブなこの冬星も、そして私達家族もみんな救われているんです」

ぼくは黙ったままでいた。というよりも、なぜか喉の奥が詰まった感じで、声が出てこなかった。

「そう言って頂けると……」

園長先生はチラリと母の顔を見ると再び目を伏せ、コーヒーカップに手をやる。

そしてゆっくりと口に含み「おいしい」と言って、顔をほころばせた。

「この秋に主人の勤め先の老人ホームで開いたコンサートのこと、詳しく聞きました。りんちゃんの歌声とハーモニカはお年寄りの心にも、また若いスタッフの心にも深く浸透し、魅了し、才能を超えた魂レベルのものだったと驚きの声を上げていました」

ぼくはやはり母の隣で何も言えず、うつむいたままだった。

「ありがとうございます。好きな分野で、そんなふうに誉めて頂ける方に出会えたなんて、あの子はほんと幸せ者ですね。あれは確か、そう、あの子が公園で拾った子猫をアパートでは飼えないので園で預かってほしいと、お願いに来た日のことでした。偶然出会った冬星さんという方が一緒にかわいがってくれて心強かったと、本当に嬉しそうに瞳をキラキラさせてはしゃぎながら語っていました。今でもその時の喜びようが目に浮かぶようです。ラブミーと名付けたその猫は、今では園児達みんなのかけがえのないアイドルになっています」

ラブミー……。

ぼくは春まだ浅い日の、りんとのあの衝撃的な出会いを思い出した。

そして別れ際に強烈に目に焼き付いた、あの赤い長靴。

「たぶんもう、お気付きのことと思いますが……」

園長先生はそう言って、どうしても合わせられない視線をかばうように、窓の外に目をやった。そして数秒後、思い詰めた表情で視線を戻し、神妙な面持ちのままぼくと母の顔を交互に見つめる。

「聞いて頂けますか?」

やがて重みのある彼女の一大決心を含んだその言葉から、りんの秘密が静かにゆっくりと明かされ始めた……。

私の妹は、東京の大学在学中にあるミュージシャンに出会い、恋に落ちました。

彼の職業に経済的な不安を感じた両親に、初っ端から猛反対され辛い時期もありましたが、卒業後二人の結束は固く、そんな両親の反対を押し切って結婚。

クリスマスイヴの夜に、かわいい女の子を授かりました。それがりんです。

生活はけして楽ではなかったけれど、音楽と溢れる愛情に包まれ、りんはスクスクと育ちました。

物心付く頃から誕生日でもあるクリスマスイヴに、大き目の赤い長靴を買って枕元に置いておくと、きっとサンタクロースが素敵なプレゼントを届けてくれると、妹夫婦はりんにささやかな夢を与えながら暮らしていました。そしてまだそれを信じ続けていた小学校三年生の時、りんが眠った後プレゼントを買いに行った二人が、東京では珍しい粉雪舞う中思わぬ事故に遭遇し、帰らぬ人となってしまったのです。

りんはその事実をほとんど受け入れられないまま、同じ東京に住む姉夫婦の元に引き取られることになりました。幸い穏やかに育ってきたりんは皆に愛され、そのまま何の問題もなくスムーズに成長することができました。

ところが高校生になったある日のこと、りんにケイタイを持たせると、ある変化が起きたのです。着信音もないのに、時々誰かと話をするようになりました。それにどこにしまっておいたのか、昔妹夫婦が買ってくれたクリスマスイヴのプレゼント用の赤い長靴を取り出して、毎日はいて登校するようにさえなったのです。姉は担任の先生からりんの奇行に何度も呼び出されるようになり、私のところにも度々心配して電話が入るようになりました。成績もどんどん下がり、途方に暮れた姉は、思い切ってりんを病院に連れていく決心をしました。

カウンセリングを受けたところ、結果は心因性精神障がいという、主に精神的ダメージを受ける出来事など、心理的環境的な要因が発病の原因となる心の病だと診断されました。
心の病……。りんの性格からいって、ありえる話だとは思いました。

あの子は小さい頃から人に心配をかけたり、わがままを言ったりすることがほとんどなく、本当に手のかからないとてもいい子でしたから。自分の弱さや寂しさをけして表面に出すような子ではなかったのです。しかしそれが却って、精神的には大きなダメージになるのではないかと、私も長年様々な園児達と関わってきて、強く感じるものがありました。

りんはそれからしばらく通院をしながら通学しましたが、長続きせず、高校二年の冬休み前に退学しました。

その後、姉は懸命にりんに寄り添い、その目に見えぬ病と闘ってきましたが、力尽きて、昨年の秋、私に助け舟を求めてきたのです。私は姉の心の叫びを痛切に感じて、これ以上彼女一人だけの負担にしてはいけないと、取り敢えずりんをすぐに引き取ることにしました。

しばらくはなす術もなく、りんの様子をただオロオロと窺いながら、途方に暮れる日々が続きました。そんなある日、知人がそのような病を持つ人達の社会復帰施設で働いていることを思い出し、藁をもつかむ思いで相談してみることにしました。

その施設は、手芸や簡単な手作業の他、レクリエーションとしてスポーツや映画鑑賞、日帰り旅行、音楽活動なども幅広く行っていたので、知人の勧めで見学させて頂いたところ、りんはとても気に入り、予想外にスムーズに入所手続きを取り、通所することになりました。

りんはその中で、ありのままの自分を受け入れてくれる仲間や居場所を発見し、仕事に対する意欲も出て、短期間で自立し独り暮らしができるほどに回復しました。

幸いなことにそのアパートの近くで、親友夫婦が小さなレストランを開いておりましたので、迷惑にならない程度にお願いしておきました。

ところが今年の春先から、りんが度々私用で施設を休んでいるという連絡が入り、私は再び大きな不安に襲われました。私用って何だろう。やはり独り暮らしはまだ無理だったのだろうかと、すぐに連れ戻そうかとも思いました。それでも施設に顔を出した時には、作業も与えられた役割もいつもと変わらずきちんとこなしているという知人の話を聞き、もう一度だけ信じてみよう、見守っていてあげようと、強いて自分の気持ちを置き換える努力をしてきました。

そんな矢先、りんが歌を歌っているという情報を耳にしたのです。あちこちで評判になっていると。それも一人ではなくて、デュエットしている相手の方が夏美さんの弟さんであるらしいとのこと。私はりんが大好きな音楽で自分を取り戻していく姿を想像し、感極まり思わず涙が出そうになりました。それはあの子のこれまでの不運な日々を振り返り、何とか救える手立てはないものかと必死になってきた私達身内でさえ、到底差し延べてやれなかった分野だったからです。

「ありがとうございます」

園長先生は話を少しだけ中断し、再び丁寧に頭を下げた。

「あのう、園長先生、どうぞ。よろしかったらシフォンケーキを召し上がってみて下さい。お口に合いますかどうか。一応私の自慢の手作りなんです」

母が陰鬱になりつつある雰囲気を強いて和らげるかのように勧めると、園長先生は強張った顔の表情を少しだけ緩め、「いただきます」と言って、ゆっくりと口に運んだ。

「おいしい！　おいしいです。この絶妙な甘さは、絶品ですね」

「ありがとうございます」

立場が逆になり、今度は母がお礼を言った。

ぼくは相変わらず黙ったままでいた。

「冬星さんは……」

園長先生がそんなぼくを気遣うように声を掛ける。

「はい」

ぼくはビクッとして、そう答えるのがやっとだった。

「本当に誠実そうで、りりしいお顔をしてらっしゃって。りんがあなたのことになると、とても生き生きと話す理由がよく分かりました。りんはあなたに出会えて、本当に救われたんですね」

「いや、ぼくはただその……」

「あのう、園長先生」

オロオロするぼくにお構いなく、母が突然口を挟んだ。

「実は今度のクリスマスイヴに、ここでりんちゃんを中心とする、名目上『そうるめいと』のミニコンサートを開く予定を立てているんです。その際にはぜひ園長先生にもおいで頂きたいと思っているのですが、いかがでしょう」

園長先生はその後じれったいほどに間を置き、話し始める前のあの神妙な面持ちに戻ると、ぼくと母の顔を強張った表情のまま交互に見つめた。そして声のトーンをかなり落とし、

「実はそのことなのですが……」

と、どこか苦しそうに呟いた。ぼくは一瞬にして張り詰めていく空気を感じた。

「あのう、コンサートを開くことで、何か不都合なことでもおありですか?」

母が待ち切れず問い掛けた。

「いいえ、とても光栄です。ありがたいことだとも思います。ただ、私はこれからのことを考えると、これから先の冬星さんの長い長い人生のことを考えると、やはりずっとこのまま甘えているわけにはいかないと思うのです」

「えっ?」

ぼくと母の声はほとんど同時だった。

「それはどういう意味でしょう」

動揺を隠せない母の声は、かなり掠れている。

「冬星さん。あなたには間違いなく、これから先も明るく希望に満ちた未来が待っています。それはあなたのご両親が、あなたや夏美さんを立派にここまで手塩にかけて育ててこられたからです。それなのにそんなあなた方の未来を、そのスタートラインから躓かせるわけにはいかないのです。りんはお話しした通り、心に病を抱えています。その症状はきっとこれから先も、身近で接し携わって下さる方を苦しめ、足手まといになることは確かでしょう。だから冬星さん、お願いします。今私にできることはこれしかないと思っています」

「お願い？　ぼくの未来のために？」

ぼくは初めて、しかも大声を張り上げていた。

「そうです。あなたの未来のためにです。私の心からのお願いです……」

少し間があった。

「りんと行動を共にするのは、今日限りにして頂けませんか」

キーンと耳の奥で何かが遠のく音がした。と同時に、そのまま後ろに倒れ込んでしまいそうなほど衝撃的な痛みが体中を走った。ぼくは今どこで、どの次元で何をしているのだろう。それさえも定かでないような心境に突然襲われ、ぼくは全く思考力を失った状態で、ただポカンと窓の外を見ていた。

「冬星……」

気が付くと、母がしきりにぼくの名を呼んでいた。

「今日限りと園長先生のお許しを頂いたのだから、早くりんちゃんを連れてらっしゃいよ」

いつの間に帰ったのか園長先生の姿はもう見えず、窓の外にはうっすらと夕闇が降り始めていた。どうやらぼくの記憶はしばらく途絶えていたらしい。

「今から連れてきてどうするんだよ」

ぼくの口調はかなり荒れていた。

「いいから早く。見せたいものがあるのよ、あなた達に……」

ぼくはこんな時でもやはり母の勢いに乗せられてムーブに飛び乗り、否応もなくりんのアパートへと向かっていた。

「ねぇ、何があるの？」

迎えに行くと、りんはいつも通り足踏みをしながら玄関先で待っていた。そしてぼくが車から降りるや否や、

「何だかワクワクするわ。楽しみだわ」

と言って、さっさと助手席に座り込んだ。おまけにルンルンと鼻歌まで歌い始めている。りん……。運転席に座り、そんな彼女を横目に見ると、相変わらずのマイペースさに、どこまでおめでたいやつなのだと野次を飛ばしてやりたい心境になったけれど、それ以上に胸

の奥で焼け付くような痛みと、締め付けられるような切なさが息苦しいほどにその強さを増してきて、とても音声に変える余裕などなかった。ぼくは無言のまま、ゆっくりと車を走らせた。りんの鼻歌が、しっかりとしたメロディと歌詞に変わったのはそれから間もなくだった。

風はいつも気ままだね
行き先も告げずに知らん振りで通り過ぎていく
だからぼくの寂しさなんて気付くはずもないのさ
せめて春は、空に舞い上がる桜の花びらをつかみ取ろうよ
空が少しだけ近くなる
光が少しだけ手に届く
風のオアシスが知りたくなる
地にしっかりと足を着け
振り向くとそこに君がいた

「ねえ、冬星……」
歌い終わってりんは、不意にぼくの名を呼んだ。ぼくは正直今までになく心を乱し、「な

にっ?」という短い返事にも声の震えを隠すことができなかった。

「風のオアシスってどこにあるんだろう? まだ辿り着いてないよね。春、夏、秋と、ぼくの心はずっと迷い続けたままで、冬のぼくはどうなってしまうのかな。そのまま凍り付いてしまうのかな……」

ぼくはりんの声をちゃんと聞きながらも、ひたすらフロントガラスの前方の景色に目を注ぎ、できればこのままずっと永久に止まることなく走り続けていられたらと、到底叶えられない夢に囚われていた。

「りん……」

フロントガラスの向こう側の景色が少しだけゆがんで見える。それが低下した視力のせいなのか、それとも何か別の成分のせいなのか、自分でも明確な区別がつかなかった。

「そのうち辿り着ける日が来たら公表するよ。それがいつなのか、正直今のところは約束できないけどね」

ぼくは一応、そう答えておいた。このまま無言で全てが終わってしまうのは、りんとの思い出まで全て打ち消してしまうようで怖かったし、たとえ一パーセントの可能性であったとしてもそんな日がいつか来るのではないかと、ぼくの弱り果てた魂が訴えかけていたからだ。

カフェ小春に戻ると、母が外に出て何やらそわそわと待ち構えていた。

「早く! 早く! りんちゃん、冬星! こっちよ、こっち」

そしてぼく達の姿を見るや否や、やけにテンションを上げて、マテバシイの前に即呼び寄せた。

近付いてよく見ると、その後ろの暗がりで誰かが怪しくうごめいている。

「なにっ？　母さん」

ぼくはさすがに気味が悪くなり聞いてみた。

「ちょっと待ってて」

母は意味深に微笑むと暗がりに向かって、

「職人さん、こちらスタンバイ、オッケーですよー」

と、軽快な声を上げた。

「職人さん？」

ぼくの不信感もそっちのけで、母はその後もしばらく姿の見えない暗がりの人物と何やらボソボソと交渉を続けている。

「それではいきますよー、いいですか？」

ようやく交渉が終わったのか、暗がりからはっきりとした男性の声が聞こえてきた。

「りんちゃん、冬星。ほらそこに立って、よーく見ててね」

母はいつもより生き生きとした表情で、ぼく達に指示を送った。

「三、二、一！」

男性のはち切れそうな掛け声が掛かり、次の瞬間ぼく達はハッと息を呑む。眼前に思い掛けない世界が広がったからだ。

母の店のトレードマークでもある大きな二本のマテバシイ。そのマテバシイが、今煌びやかではあるけれど、吸い込まれそうに淡い刹那なブルーの光を放った。

続いて斜めにスーッとスローに落ちていく金色の流れ星。空に向かう二頭の赤鼻のトナカイの引くソリには、サンタクロースがプレゼントの大きな白い袋を背負って、こちらに向かってにこやかに手を振っていた。この季節、街中でよく見かけるイルミネーションではあるけれど、ただ違っていたのは、その光景があまりにもすんなりと夜空の星屑に溶け込み、宇宙という広大な空間がバックとなって、一緒に飛び立っていけそうな錯覚を起こさせることだった。それもみんな母の愛した二本のマテバシイの成せる業なのかもしれないとぼくは思った。

「奥さん、光の具合はどうですかね」

マテバシイの後ろの暗がりから、ようやく一人の男性が顔を出す。

「なかなかいいみたいですよ。私の理想の電飾にして頂いてありがとうございます」

彼は、母が最近よく電話でやり取りしていた電飾職人だった。

「どう？　これが私のこの店を始めてからのささやかな、でも一番の夢だったの。いつかカフェ小春が順調に巡り始めたら、この大好きなマテバシイに何か贈り物でもしようかなって。

雨の日も風の日も、一年中どんな時でもその葉を枯らすことなく青々と、元気にこの店を守ってくれて『ありがとう』って、感謝の気持ちを込めてね」

母は誇らしげにそう言って、完成したばかりのイルミネーションを満足そうに見上げた。

ぼくはこんなに母に大切にされているマテバシイを少し羨ましく思いながらも、そのささやかな、でも壮大な彼女の夢の世界に魅了され圧倒されて、にわかに胸が一杯になった。

「きれい……」

りんが隣で呟きながら、ケイタイを取り出す。ぼくはいつもの習慣でその謎が解けた今でも、やはりピリリと神経を集中し耳を傾けてしまう。

「もしもし、ナカ君。あっ、そう、かなり疲れ切っているのね。かわいそうに……。でももう少しよ。頑張って。タクちゃんは？　そう、元気ね。よかった。今ね、あなた達のお友達に出会えてとても感激してるの。もうすぐ会えるのね。うん、楽しみに待ってる。じゃあね。気をつけて。バイバイ……」

りんはケイタイを両手で包み、マテバシイを飾るトナカイとサンタクロースをじっと祈るように見ていた。

母の夢。冬の夢。空へと向かう壮大な夢。

それは偶然にもりんがひたすら待ち続けた儚い夢でもあり、そして今となってはぼくにとっても、到底手の届かない、はるか宇宙の彼方で微かに光を放つ幻の存在でしかなかった。

それでも懸命に目を凝らすと、トナカイの向かう遥か延長上に、その確かな道標となる北極星がひときわ輝いて眩しく見えた。それはまるで「夢は誰にも平等で、こうしていつもここにあるよ」と告げているようで、今にも凍り付きそうなぼくの心に、ほのかな希望の光を与えてくれた。

そうるめいと

りんと離れて二週間。それはもう、今となっては何の意味もなくて、そして実行する必要さえもなくなってしまったのだけれど、オリジナル曲の「風のオアシス」の続編。

いわゆるりんが最後に言っていた「冬のぼく」は、もうどこにも見当たらなかった。

今のぼくの毎日は、ほとんど空虚に近い。喜びもなければ悲しみもなく、そして感動もない。このまま時が止まり、季節は巡らず、新しい明日は二度と訪れないのではないかとさえ思えてくる。結局ぼくは、あの失意の春から何も変わっていなかった。

少しも前進していない。それどころかかなり後退して、今ではそのスタートラインさえも霞み、ぼやけて見失いかけているのだ。

「あのう、ウエイターさん。どうでもいいけど早くメニュー見せて頂けます！」

やけに急かしつける、ハキハキとした勢いのある女性の声にハッとして目を覚ました。

ショートカットの見覚えのある顔が、どアップでぼくを見下ろしていた。

その状況がすぐには飲み込めずただ驚いて、ガバッと飛び起きる。

「夏美ねぇ！　なんでそこにいるの？」

あれから二週間後の土曜日の朝。

「今日から冬休みよ、悪いけど。それよりあなた、メニューって言葉が何よりの目覚ましになるのね、大発見」

と言って、ガハハと笑った。

「今、何時？」

ぼくが聞いた。気のせいか少し目まいがする。

「十時少し前」

「えっ？　嘘！　店、早く行かなくちゃ。遅刻だよ！　どうしてもっと早く起こしてくれなかったんだ」

いきなり大慌てするぼくの頭を、夏美ねぇは力ずくで再び枕に押し付けた。

「何すんだよ！　乱暴な」

「いいから寝てなさい、冬星！　あなた熱があるのよ。母さんからしっかりと頼まれた。今日は一日中しっかりと見張っていなさいって」

彼女のぼくを押さえ付ける手に、グッと力が入った。

「大きなお世話だ。離せよ！　ぼくは行くよ。男はこれくらいのことで自分を甘やかしちゃいけない」

彼女を振り切り、布団を捲り上げ起き上がろうとするぼくに、今度は大きな平手打ちが飛んだ。

「イテーッ」

思わず頬をさする。

「大したことを言って。そんなに男気があるんだったらね、毎日うだうだとしょげ込んでいないで、もっと違う行動をとったらどうなの。今自分がやるべきこと、やらなければいけないこと、あるんじゃない。凍り付きそうなアイスノンを持ってきてあげるから、よーく頭を冷やしてじっくりと考えてみることね。いーい。分かった？」

夏美ねぇはいつになく興奮気味で、今までにお目にかかったこともないような鬼の形相をして、プイと部屋を出ていった。

そういえば昨日は定休日だったけれど、体中がやけにだるくて食欲もなく、一日中ゴロゴロと部屋で過ごしそのまま眠ってしまったのだ。知らぬ間に誰かが熱まで測ってくれたらしい。我に返ると今叩かれた頬もだけれど、体中の節々が折れるように痛み、喉の奥が焼け付くようにヒリヒリとした。悪寒がひどく頭もガンガンする。ぼくは再び布団にバタンと倒れ込むと、病んだ体ごと世の中から見離されたみじめな自分を想像し、耐えに耐え切れず全てをシャットアウトするように頭から掛け布団をスッポリとかぶった。

「冬星！」

鬼姉の声が再び響いて、ぼくは更に身をかがめ防御体勢を整えたけれど、やはり無駄な抵抗だった。

「はい、アイスノン」

夏美ねぇは布団を捲り上げはしたものの、今度はさすがにぼくを病人扱いして、丁寧に頭の下にタオルを巻いたアイスノンを置いた。

「インフルエンザだと困るから、後で病院へ行った方がいいかもね。もっともさっきのビンタでウイルスもどこかへ吹き飛んだかしら、ハハ……」

夏美ねぇは、カラッといつもの笑顔を見せた。

「病人に平手打ちだなんて、すごい荒療法だ。今まで聞いたことがないよ」

ぼくは本心でそう言った。

「でしょう。時にはそういうことも必要なのよ、人生には」

変な論理と心底思ったけれど、ぼくは強いて反論しなかった。

「ねえ、冬星……」

夏美ねぇは冷えピタをぼくのおでこに貼りながら、どこか意味深に話し掛けた。

「あなたさぁ、いつもそうなんだけど、ずっと何というか受け身の人生やってない？　私の見てきたところ」

ぼくはもうろうとした意識の中でもどこかムカつきを覚え、「何だよ、急に偉そうに」と、きつく言い返してやった。

「だってさぁ、そうでしょう。あなたが進学校を選んだのも父さんのせい。大学受験を失敗したのも父さんのせい。そして今回そんなに落ち込んでいるのは、一体誰のせいなの？　あなたの人生はいつもそんなふうに、誰かに振り回されて巡っていくの？」

「黙れ！」

ぼくは瞬時に究極の怒りを覚え、拳に目一杯力を入れ抵抗しようとしたけれど、予想以上に未知のウイルスに冒されていた体は、情けないほどに動きが鈍かった。心の中で「ちくしょう！」と叫びながら、辛うじてそっぽを向く。

「腹が立つのは、それを認めているからでしょう。ねえ、冬星。あなた今回、何かとっても大切なことに気付いているんじゃない。たぶんそれを手離したら大変なことになるって。きっと後悔するって。自分の心に正直に問い掛けてみなさいよ。他人のせいにしたって何も始まらないよ。日々大雑把に生きている私でさえすごく感じてるんだから」

「……」

「夢や希望や理想ってさぁ、ハードルを幾つも越えなければならなかったり、それでも届きそうで届かなかったり、イメージしているほど綺麗事では済まされないから却って幻滅してしまったりするかもしれないけれど、でも目的があって進もうとすれば、何か違った自分が見えてくると思う。その過程でもっと大切なことにも出会えると思う。単なるそのきっかけ作りに過ぎないかもしれないけれど、でも踏み出すことで何かが変わるよ。何かが変わるための第一歩。それを決めるのは、自分自身だよ。自分の心が決めること。それはけして、偉そうなことでも何でもないと思うけど」

ぼくはそっぽを向いたまま、夏美ねぇの言葉を熱を帯びた体中で黙々と受け止めていた。そしてやがて声が聞こえなくなっても、それが根強く残る言霊《ことだま》となって、ぼくを取り巻く空間にガンガンと響き渡った。

「お大事にね。とにかく今日は何も考えずゆっくりと休むことね。後でおいしいお粥作ってきてあげるから……」

背中で響く夏美ねぇの去り際の穏やかな声に、ぼくの凝り固まった神経が一気に緩んだ。と同時に、生温かい液体がぼくの顔を横切って、後から後から流れ落ちる。それはぼくが今までに味わったこともない、塩辛い涙だった。

翌日ぼくは、再び夏美ねぇに脅迫されて病院へ行き、インフルエンザではなかったものの点滴を打ってもらったせいか熱も下がり、節々や喉の痛みも嘘のように緩和した。

それでも店へ行くことは許されず、相変わらず夏美ねぇの監視が続いた。

午後三時過ぎになり、彼女が買い物に出かけ少しだけ留守になった隙に、ぼくはさすがに起き上がり、南側の窓際に足を運んだ。ここは二階で近くに遮るものもなく、かなり遠くまで見渡せた。病み上がりのせいか、青空がいつになく眩しい。この間、りんと登った山も、しっかりと視野に入った。

「風のオアシス……まだ未完成だよね、たぶん。冬のぼくはどうなってしまうのかな……」

あの時のりんの言葉が甦る。冬のぼく……。

ぼくは咄嗟にすぐ右側の机に座ると、引き出しからノートとペンを取り出した。そして「風のオアシス」の歌詞のページをめくってみる。春、夏、秋、そして冬のぼく……。

冬のぼくは？　問い掛けてみたけれど、何も浮かばなかった。いや、浮かんでくるはずがなかった。ぼくは冬のりんを知ることなく、時を過ごしているのだから。

枕元のケイタイがけたたましく鳴った。着信音のボリュームを最大限に上げたままになっていたらしい。急いで屈んで手に取る。

「もしもし……」

「よう、冬星！」

聞こえてきたのは、やけに弾んだ吉川の声だった。

「元気にしてたか？　りんちゃんは？　相変わらずやってるかい？　ストリートライブ。いやー、早く会いたくてさ。君達の歌が聞きたくて」

人の気も知らず吉川は、ケイタイの向こう側で一方的にベラベラと喋った。

「おい、おい、どうした？　何か元気ないな。あっ、もしかして今仕事中か。こりゃー悪いな。うっかりしてた」

「家だよ」

「えっ？」

ようやく吉川の声が止まった。

「風邪でダウンしてさ。しかたなく部屋で静かにしてる」

「へえー、そりゃまた珍しいこともあるもんだな。君は確か高校の時、皆勤賞だけが自慢じゃなかったっけ」

どこまでも無神経なやつだと呆れ返ったけれど、今はとても反論する気にもなれなかった。

「じゃあ、今から行くよ。ぼくも夏休み中に車の免許を取ったので、親父の愛車を借りてすぐ飛んでいくよ」

ぼくの了解を得ることなく電話はプツリと切れ、そのタイミングの悪さに吉川の好意が皮肉にも、りんの面影を再び強く呼び起こす要因となってしまった。

三十分ほど経って、下の庭先に白い軽トラックが止まった。

「もしかして、あれか……」

ぼくは覗き込んで、イメージしていた車とかなりかけ離れていたので思わず吹き出しそうになったけれど、久し振りに会う吉川の無邪気な顔を思い浮かべ、取り敢えず失礼のないようにと必死に笑いを堪えながら慌てて階段を下りていった。

吉川は、黒のタートルのセーターにモスグリーンのダウンというやけに落ち着いた地味目なファッションで、前回とは打って変わって無難に決めていた。

「よう！　何だ、思ったより元気そうじゃないか」

「まあな……」

ぼくは右手を軽く上げ、玄関先で快く彼を迎え入れると、すぐに二階の部屋へと案内した。

吉川は入るなり窓際に足早に向かい、

「へぇ、なかなか見晴らしのいい快適な部屋じゃないか」

と言って、しげしげと外を眺め、それから相変わらずの無神経さを発揮して、ぼくの机のイスに遠慮なくドカッと座り込んだ。

「りんちゃんはどうした？」

おまけに人の体調の悪さなどお構いなしに、初っ端からズケズケと一番気に障ることを聞いてきて、「こいつ、何様のつもりだよ！」と唸り飛ばしてやろうかとも思ったけれど、そこまで大胆にもなれず、あくまでも冷静さを装い、「会ってないよ」と極力穏やかに返した。

「会ってない？」

「ああ……」

ぼくは布団の上であぐらをかいて、今度はかなり迷惑そうにそう言った。

「……ってどういうことだよ」

「だから、会ってないってことだよ」

さすがに冷静さを欠いた口調になる。

「……ってどういうことだ」

「しつこいぞ！　吉川」

「はっきり言えよ！」

「別れたんだよ！」

思わず叫んでしまった後、ぼくは自分の言葉にハッと我に返り、今さらながら事の重大さを思い知った。

ぼくはそれからしばらく頑なに無言でいたけれど、吉川の強烈な熱意に負け、やむを得ずりんとそうなった経緯を正直に話す羽目になってしまった。

「なぁ、冬星……」

十二月の日暮れは早い。まだ四時半を少し回ったばかりなのに、窓の外には夕闇が降り始めていた。ぼくは慌てて電気を点け、ブルッと大げさに身震いしてエアコンのスイッチも入れた。

「この前ぼくは言ったよね、確か……君達は奇跡だって。だから君達はずっと一緒にいて歌っているべきだって。君達はそうするためにこの世に生まれてきたのだし、また出会ったのではないかって。あれは嘘なんかじゃないよ。確かなことだ。自慢じゃないけど、ぼくは今まで直感だけははずれたことがない」

ぼくの話を聞き終わった後、吉川は淡々とそう語り、しばらく間を置いた。

ぼくは膝を抱え、体をできるだけ小さくして、その息の詰まりそうな空間から身を守ろうとした。

「ただ問題なのは、君の気持ちだ。君はどう思ってる。園長先生の意のままに、このままりんちゃんから遠ざかることが一番の解決策だと思っているのか。りんちゃんの病気を知り、君も未来を危ぶまれると思ってしまったのか。それともりんちゃんと過ごした日々は、『心の病』という言葉でもろく消え去ってしまう程度の価値の薄いものだったのか。君はそれを全く受け身のまま終わらせてしまって、後悔はないのか。りんちゃんという存在は君にとって、たったそれだけのちっぽけなものだったのか」

「だまれ!」

ぼくは怒鳴った弾みで背筋をシャンと伸ばし、拳にグッと力を入れて、懸命に彼の言葉を遮った。

「だからといってそれを知ってしまった今、ぼくはりんに何をしてやればいいんだ。ぼくが彼女と行動を共にすることで、傷付く人や悩む人がたくさんいる。彼女の病と共にそれがついて回るのだとしたら、やはり答はひとつしかないじゃないか」

「離れることか……。他に考えは浮かばなかったのか」

吉川は机の椅子からゆっくりと立ち上がり、ぼくの布団の正面にドカッとあぐらをかいた。

そしてぼくの顔を覗き込むと、「泣いているのか？」と聞いた。

「バカにすんなよ！」

ぼくは精一杯抵抗しながらも、歪んだ顔の目尻から自然と熱いものが落ちていくのを抑えることができなかった。

「それが君の答えだな。心は嘘をつけない」

吉川はどこかホッとしたように、ぼくの肩をポンと叩いた。

「いらっしゃい、吉川君」

突然ノックもなしに、夏美ねぇが騒々しく部屋に侵入してきた。

「まぁ、ごめんね。久し振りだというのに、お茶も出てないのね。今何かあったかいもの持ってくるわね。あっ、今夜はゆっくりしていって、吉川君。両親も今日は早目に帰宅できそうだから、一緒に夕ご飯食べてって。きっと喜ぶわ。あっ、それから冬星。悪いけど我が家は全員一致で、離れるならりんちゃんを残してあなたが出ていきなさいっていう結論に達しているからよろしくね。取り敢えず伝言まで……。それではごゆっくり」

「夏美ねぇ！　さては盗み聞きしてたな」

カチャッとドアが閉まってから、非常識、ノーモラル、鬼ババァ、裏切り者と矢継ぎ早にののしる言葉が浮かんできたけれど、すでに遅かった。

その夜は吉川を交えて、賑やかな夕食となった。母と夏美ねぇが不自然なほど協力し合って、すき焼きやグラタン、ラザニア、生春巻きのサラダなど和洋折衷どころか、グローバルレベルで腕をふるってくれた。

「とにかく吉川君、りんちゃんのあの歌声とハーモニカは心に染み入るというか、魂を清められるというか、限りなく神に近い響きだと思わないか。君はそういう分野の勉強をしているから、きっともっと深いものを感じているだろう」

父が鍋をつつきながら、珍しく真っ当な話を始めた。

「そうですよ、お父さん。りんちゃんは言うまでもなく、ぼくは冬星と二人の即興のデュエットを聞いた時から、これは只事ではないと思っていました。奇跡としか言いようがない。体が震えましたね。感動を超えた驚きというか」

ぼくは二人の会話を聞くともなしに聞いて、ただ黙々と箸を進めていた。

「そうよ。『そうるめいと』は、歌い続けなければ報われないわ。ねえ、冬星、聞いてるの？りんちゃんはそうすることで、これからもきっと立派に生きていける。人のために輝いていける」

隣で夏美ねぇが、やけに力説していた。

「クリスマスイヴまであと三日……。ねえ、コンサート開きましょう、予定通り。あのマテバシイを彩るサンタとトナカイの前で。そうすればきっと、何もかもが元に戻るわ。みんな元気になれるわ。そうるめいとはイヴの夜に、聖夜に復活するのよ」

母は大きなボウルに入った野菜サラダを小皿に取り分けながら、声を高ぶらせていた。

クリスマスイヴまであと三日……。

ぼくとりんの十九歳の誕生日まであと三日。

そうるめいとは聖夜に復活する？　母の言葉がふと耳に残った。

「聖夜に復活する……」

思わず呟いてしまう。次の瞬間だった。誰かのケイタイがけたたましく鳴った。聞いたことのある曲なのに、誰の曲かも誰の着信音なのかも思い出せない。我ながらヤキモキしていると隣の夏美ねぇがエプロンのポケットを慌てて探り、素早くケイタイを取り出した。そして相手を確認するとサッと席を立ち、スピーディにドアを開けて廊下に出た。

「もしもし……。あっ、園長先生。先日は弟が色々とご配慮頂いてありがとうございました。え？　りんちゃんですか。いいえ、あれから一度もカフェにも家にも見えてはいませんが。もちろんお約束したとおり、弟も会っていません。えっ？　昨日からですか。姿が見えないって……。アパートにも帰っていない。えーっ！……」

「夏美ねぇ！」

ぼくはドア越しの彼女の声に体中で危機感を悟り、無意識に大声を張り上げていた。

夏美ねぇが血相を変えて食卓に戻ってくる。

「りんちゃんがね、昨日の朝、園長先生と少し口げんかをしてしまった後、プイと出ていったきり行方不明らしいの。夜もアパートに帰っていないらしくて、もう必死であちこち探し回っているみたい」

「貸して！」

ぼくは夏美ねぇのケイタイを乱暴に取り上げ、

「ぼくも探します！　昨日の朝からですね！　心当たりを回ってみます！」

と、一方的に荒らげた声で怒鳴り、ポンと投げ返し、ほとんど興奮状態で玄関先の車のキーを掠ぎ取った。そして猛ダッシュで真っ暗な外へと飛び出し、夏美ねぇが黒いダウンを持って追いかけてきたことさえ気付かないほど、心の中は一瞬にしてりんに占領されていた。

「冬星！　ねぇ、ちょっと待ってよ！　あなたまだ本調子じゃないでしょう。ほら、これ着て！　あったかくして！」

夏美ねぇの善意で、ムーブの前で辛うじてダウンを受け取りその勢いで飛び乗ろうとすると、助手席にはすでに人影があった。

「吉川！　君、いつの間に……」

「りんちゃんは、ぼくの希望でもあるからな。さあ、急げよ！」

彼がこんなにも頼もしく見えたのは、たぶんこれが初めてだろう。

白いムーブは彼を道連れに、凍り付いた冬の夜道を勢いよく走り出した。


「当てはあるのか？　冬星」

黙々とハンドルを握るぼくに、吉川が心配そうに聞いた。

「確信はないけど、たぶん、恐らく……あそこかもしれない」

「あそこ？」

「この間、二人で登った山がある。遠くに雪山がよく見えて、りんはそこから走ってくる友人をひたすら待ってたんだ」

「走ってくる友人？」

「そうさ。ラップランドのトナカイさ」

ミステリアスな部分に吉川はその都度語尾を急上昇させていたけれど、今回はさすがに無言になった。

「クリスマスイヴまであと三日……。りんはずっと信じてきたんだよ。サンタクロースを乗せたソリを引いて、彼は必ずやって来るって。あの日届かなかったプレゼントを持って、懸命に雪国から走ってくるって……」

吉川は流れいく景色に目を移し、そのままじっと動かなくなった。

十五分ほどで車は、小高い山の麓の駐車場に止まった。山の登り口には、まだ新しい白壁のトイレと自販機の並んだガラス張りの休憩室があったので、明るくライトアップされそんなに寂しい感じではなかったけれど、それでも冬の夜だ。さすがに人影はなく閑散としていた。

「こんなところに女の子が一人で、物騒じゃないか」

吉川はぐるりと辺りを見回し身震いすると、慌ててダウンの襟をすぼめた。

「さあ、登るぞ！」

ぼくは怯みがちな吉川に発破を掛け、整備された石段をどんどん駆け上っていった。

頂上に着いた。少し風が吹いていたが走ってきたせいか、それほど寒さを感じなかった。

振り向くと吉川がベンチの背にもたれ、ハアハアと肩で息をしていた。

中央の休憩スペースや北側の見晴台の側に外灯が点いていたが、照度が低く全体的に薄暗い印象だった。それでも見下ろす夜景は、あちこちの家の灯りがほのぼのと広がり、恐らく上京した吉川が日頃目にする都会の華やかさとは比べものにならないのだろうけれど、少なくとも今のぼくの精神的な不安を和らげてくれるのには、十分な眺めだった。

「りん！」

それからぼく達は、人気のない薄暗い闇の中を彼女の名を呼びながら、あちこち隈なく探し回った。道無き足場の悪い木立の中も、掃除用具が入っているのか、鍵も掛かっていない不気味な小屋の中も……。

　思えばこれまでのささやかな人生の中で、これほどまでに誰かを必死になって探し求めたことなどあっただろうか。お転婆だった夏美ねぇが両親に叱られて、ちょくちょく姿をくらましたことはあったけれど、それほど不安にもならなかったし、また心配もしなかった。それはただ単に、ぼくがまだ子供だったからに過ぎないのか。

「冬星！」

　吉川の叫ぶ声に、ぼくはさすがにビクッと我に返った。

「こんな寂しい、物騒なところに、りんちゃんだって夜一人で登ってくるはずがないよ。他に心当たりはないのか？」

　吉川は相変わらず、ハアハアと息切れがひどかった。

　ぼくは少し立ち止まって考え込むと、北側の見晴台に目を向けた。そして無言のまま足を運び、そのまま一気に駆け上がった。一段と高くレベルアップした夜景をしばらく注意深く見渡す。

〈あの一番背の高いビルの屋上に見える森ね……〉

　そしてこの街では唯一際立つビルの灯りに目を止めた時、あの時のりんの言葉が甦ってきた。

〈あの森はきっと、この山に早く帰りたいと思ってるよね……〉

あの森……。確か最上階にはプチレストランやカフェ、それにゲームセンターやマンガ喫茶等の娯楽系施設も入っていて、気分転換に両親の目を盗んで利用するのにはもってこいの場所だと、遊び好きな友人から聞いたことがあった。

りん……。ぼくはあの森に向かって呼び掛けると、潜在意識のスイッチが自動的に入ったかのように、体全体が即反応し動き出した。今度は一気に山を駆け下りる。

気が付くとムーブは、この街では一応高層と呼べる十二階建てのビルに向かって、スピードを上げて走っていた。吉川は先程の山登りでかなり体力を消耗してしまったらしく、ゲッソリとした表情で助手席に沈み込み、言葉もなくうつむいていた。

夜八時を回るとこの街は人通りも途絶えて閉めてしまう店も多く、そのビルに向かう商店街の道は嘘のように閑散としていた。

「東京ではこれからが夜のネオンと共に賑わう時間帯なのに、この静けさはやはり田舎街だなぁ。もうみんな眠ってしまったみたいだ」

吉川がようやくボソボソと口を開く。

距離的にはそうあるとは思えないけれど、右に左に細い路地を何度も曲がり、その度にきちんと作動していた信号はほとんど赤で、人も車もやって来ない交差点でじっと待ち構えていたせいか、予想外に時間がかかった。

思い掛けない小旅行の果てに車はようやく目的地の駐車場に着き、そこから猛ダッシュでビルに向かい、一階のエレベーターを使って最上階までノンストップで上がった。急いで降りると、右手にレストランの入り口、左手に娯楽施設の入り口があり、正面に屋上に向かう小さなエレベーターと狭い階段が見えた。

ぼく達は迷う隙もなく階段を選び、勢いよく駆け上がった。

屋上のドアを開けると、そこにはぼくの想像を大幅に超えた別空間があった。

まだ純粋だった頃に舞い戻れるならば、きらめく天空の森とでも言えるだろうか。

先程までの下界の閑散とした風景とは、月とすっぽんの差があった。

ウッドデッキの道の両側にレンガ風の巨大なプランターが置かれ、そこに何本もの青々とした常緑樹がきれいなアーチを作って並んでいた。そのアーチが一斉に青白い光を放ち、夜空をバックに見事に映え渡っていた。宇宙と地球の一体化がここにあると言ってもけして過言ではないとぼくは思った。

ウッドデッキの道の果てには、フェンスに沿って洒落た大きなオレンジ色のパラソルと白い丸テーブルのセットが設置されていて、そこに座ると控え目な家々の灯りを散りばめた心温まる街並みが展望できた。その時このビルのオーナーのセンスの良さに妙に共感し、今の自分の置かれた状況の真意を危うく忘れてしまうのではないかと思うほど魅了されてしまった。ハッとして我に返る。

「ところで冬星、本当にりんちゃんはこんなところにいるのか?」

吉川は相変わらず疑い深そうに、辺りをキョロキョロと見回しながら言った。

「今から手分けして探すんだ。隅々まで隈なくな。それでも見当たらなかったら、即、下の階のカフェやマンガ喫茶だ。いいか。さぁ、急ぐぞ！」

「了解！」

ぼく達はウッドデッキのくねった道を、それぞれ反対方向に向かって走り始めた。

北側の長いフェンスに沿って、数箇所木目を生かした洒落たベンチが備えられていたが、そこは全て若いカップルで埋め尽くされていた。前方をウロウロするぼくは、きっと目障りなこの上なく怪しい男として彼らには映っていたのだろうけれど、実際怪しい行動をとっていたのだからしかたがないのだとも思った。

そのちょうど中央辺りのL字型になった角に、ぼくの背丈を少し越すくらいのクリスマスツリーが華やかに飾ってあって、煌びやかな電飾のある部分に気を取られ思わず足を止めた。なぜならその頂点に、今にも天に向かって走り出しそうなサンタとトナカイの姿を見つけたからだ。

「もしもし、ナカ君……。そう、でも大丈夫よ。心配しないで。私がこれからお迎えに行くから。疲れたでしょう。そこでゆっくり休んでて。うん、そこで待っててね。長い間お疲れさまでした。タクちゃんにもそう伝えておいてね。それじゃあ、今から行きます……」

えっ？　りん？……。それは空耳でも気のせいでもなく、確かにごく最近まで慣れ親しんできたりんの、あの細く澄んだ柔らかい、それでもどこか強く魅了されてしまいそうな声だった。そしてその存在がすぐ近くであることは、風が運ぶラベンダーの香りが教えてくれた。

「りん！」

間もなく彼女を発見した時、ぼくはその場で体ごと凍り付きそうになった。

なぜならケイタイを持つ彼女の姿は、フェンスの外側にあったからだ。

「りん！」

ぼくの叫ぶ声にりんは反射的に振り向き、別に驚いた様子もなく、

「あら、どうしたの？　冬星」

と、全くいつもと変わらぬ態度で穏やかに微笑んだ。

「グッドタイミングね、冬星。今ね、ナカ君とタクちゃんに会いに行くところ。もうすぐそこまで来ているらしいんだけど、頑張り過ぎて疲れちゃったんですって。だからこちらから迎えに行くところ。ちょうどよかったわ。ちょっと待っててね。もうすぐあなたにも会わせてあげるから」

そう説明するや否や、りんは目の前の高さ一メートルほどの壁に手を掛け、今にも身を乗り出そうとした。

「りん！　待て！　おい、ちょっと待てよ！」

ぼくの絶叫を聞きつけ、吉川がどこからか息も絶え絶えに全速力で走り寄ってきた。

「冬星！　探せ！　りんちゃんはどこからフェンスの外に出たんだ！　とにかく探せ！　急げ！　急げよ！　早く！」

ぼく達は迫り来る危機感に恐怖心さえ遠のき、ただ右に左にフェンス沿いを狂ったように走り回った。時間の感覚も完全に麻痺してしまい、心の中で時計の針はまるで早送りのビデオのようにフル回転していた。

「クリスマスツリーの裏側だよ」

無情な低い声が聞こえてきたのはその時だった。

振り向くとツリーに一番近いベンチで彼女の肩に手を回し、気障な視線を送っている若い男の姿が目に付いた。男は薄笑いを浮かべながら、空いた左手で煌びやかなツリーをまるでふざけたマジシャンのように大げさに何度も指差していた。

「バカヤロー！　早くそれを言えよ！　この人でなし！」

ぼくは腹の底から怒りを爆発させそいつを怒鳴りつけ、猛ダッシュでツリーの裏側に回り込んだ。ドアの鍵が開いたままになっていた。

「何だ、これは。不用心な！」

雄叫びを上げながら外に出る。冷たい風が体中を吹き抜けた。

「りん！」

りんは今まさに上半身を壁の上に乗り出し、右手を高く夜空にかざして、そのまま空中に舞い降りる寸前の状態で辛うじて止まっていた。

「りん！」

風の力を借りた。ぼくはりんが夜空に消えてしまうほんのタッチの差で、彼女の両足にしがみ付いた。

やがて冷たいコンクリートの上に彼女がドカッと尻餅をついた時、さすがに力尽きたぼくは、ヘナヘナとその隣に座り込んだ。危機一髪とはまさにこのことを言うのだろう。

我に返ると今度は体の震えが止まらない。事の重大さを感じているはずもないりんは、キョトンと首を傾げ不思議そうにぼくを見ていた。

ああ、君はなんて愚かなんだろう。そしてなんて純粋で一途なんだ。

お陰でぼくはもう、君を一瞬たりとも放っておくことなんてできなくなった。

一瞬たりとも見失ってはいけないのだと痛感してしまった。ぼくはもう自分の力ではどうすることもできない強烈な何かを悟ってしまった、今……。

震える手で無意識に彼女を手繰り寄せ、そのままギュッと力任せに抱き締める。

華奢な体が壊れてしまうかと思うくらい、それでもかまわず強く強く抱き締めた。

そしてそのまま無情に果てしない夜空の空間で、男泣きに泣いた。生まれて初めて人目もはばからず、オイオイと声を張り上げて泣けるだけ泣いた。

りんが耳元で、「どうして泣くの？」と訊ねたけれど、その答はとうとう見つからず声にもならなかった。

　それからクリスマスイヴまでの三日間は、とにかく忙しかった。病み上がりの体をフル回転させて、店の合間にあちこち雑用に追われ走り回った。

　どうしてそんなに忙しくなってしまったかというと、全ては今日のこれから行われる大イベントのせいだった。吉川が個人的に母の了解を得て、そうるめいとのクリスマスイヴミニコンサートのチラシを作り、街角に立ち大胆に配りまくったのだ。

　それも今日の夕方六時から、カフェ小春のマテバシイ前の広場で大開催と、ほとんど強制的に計画を立てられてしまった。そうなると吉川の無神経さは、今のぼくにとって犯罪に近い。共犯者は母か。いやもしかしたら夏美ねぇや父も関わっているのかもしれない。

「おい冬星、自分の役割はきちんと果たしてくれるんだろうな。ぼくの役割はこれでしっかりと完了したから」

　吉川は、マテバシイの正面に設置された、雪に見立てた真っ白なポータブルステージスカートを見て、満足そうにパンパンと両手を叩いた。

「あっそれから照明係は、君のお父さんに任せたから。何でも仕事のイベントで慣れているらしいね」

　ぼくは老人ホームでの、あのオーバーなリアクションの割には完全に受けないドジなピエロの姿を思い出し、妙に複雑な心境になった。

振り向くと広場に、颯爽と入ってくる真っ赤な車が目に入った。ピカピカに磨き抜かれたその車は、夏美ねぇの新車だった。

「へぇー、素敵なステージが出来上がったじゃない」

夏美ねぇの弾けそうな声と共にゾロゾロと降りてきたのは、りん、園長先生、それにもう一人、ポニーテールの小柄な女性（確か初夏の頃駅周辺の公園で出会った、夏美ねぇの同僚の先生）だった。

ぼくの姿を見つけて、まるで何事もなかったかのようにはしゃぎながら近寄ってきたりんは、頭に黒い角の生えたカチューシャをしていて、白いボアパーカーの下には、首周りだけふんわりと白いフォックスファーに包まれた茶色いワンピースを着ていた。

足元は相変わらずの赤い長靴。一応トナカイのコスプレなのだろうとは思ったけれど、取り敢えずそのことに関しては何も触れずにいた。

「冬星、久し振りに来ちゃったよ。やっぱり音楽はいいよね」

りんはにっこり笑うとポケットからハーモニカを取り出し、片手で挨拶代わりにひと吹きした。その音がやけに今日は心の奥深くに染み込んで、痛いほどだった。

「あのう……」

そのりんの真後ろに、真っ直ぐに姿勢を正した園長先生の姿があって、凛とした雰囲気とは裏腹に、視線はどこか空ろで申し訳なさそうにぼくを見ていた。

「先だっては誠に、またしても私共の手の届かないところでりんを救って頂きありがとうございました。冬星さん自身にも危ない思いをさせて、本当に何といったらいいのか……。ごめんなさい。本当にごめんなさい……」

一歩前に進み出ると先程とは打って変わって、園長先生は今にも崩れ落ちそうに何度も何度も頭を下げた。

「あの……園長先生、どうぞお気を遣わずに。ここは寒いですから、中のカフェでお待ちください」

ぼくはこの期に及んでこれ以上感情的にはなりたくなかったので、彼女を素早く中へと促した。

「冬星さん、お久し振りです。今日は夏美先生に無理にお願いしてついてきてしまいました。冬星さんの一ファンとして。星組担任、西野夕子と申します。楽しみにしています」

続いてにこやかに手を振りながら現れたのは、ポニーテールがよく似合うあの夏美ねぇの同僚の先生だった。丸顔にクリッとした大きな眼が印象的で実に愛らしい。しかしその好感度たっぷりの雰囲気に浸っていられるのもほんの束の間で、聞き覚えのあるがさつな声がすぐに吹き消した。

「いやー皆さん、ご苦労さま！　照明係、ただ今到着しました。仕事の都合で遅くなり申し訳ありません。あっ、それから今日は、若いフレッシュなアシスタントも一人付けて参りましたのでよろしくお願いします」

そのがさつな声は、自称愛されるピエロと称する、ほとんど勘違いの父、秋男だった。

「キャーッ、秋男ちゃん！　ステキ！」

そして彼の勘違いに拍車をかけているりんが、飛び上がって喜ぶ。

「こんにちは」

父の背後から、アシスタントがちょこんと顔を覗かせた。

「時々ボランティアに見えてくれている、陽子ちゃんだ。今日は雑用を色々とお願いしてある」

老人ホームでのコンサートの後、車の前で待っていてくれたあの少女だ、とぼくは思った。あの時のボブヘアは少しだけ長くなっていた。父は自分の運命を変えた元教え子を自慢そうに紹介した。

「よろしくお願いします！　私、そうるめいとの曲がもう一度聞けるのかなと思ったら、もう嬉しくて、嬉しくて、夢のようで。何でもお手伝いします！」

サラサラのボブヘアに白いウインドブレーカー、動きやすいブルーのジャージ姿がやけに初々しく、爽やかさを強調していた。

母は昨日からほとんど徹夜で五十人分のチーズケーキを焼き、コーヒーの準備をせっせとしていた。カフェ小春を開店してから、恐らく一番賑やかになるであろう今夜のために、母はどこか命を懸けているようにさえ見えた。毎日こうして裏方で皆の喜ぶ顔を思い浮かべながら仕事を続けてきた母は、華やかにスポットライトを浴びたスター達よりも、きっと何倍も輝いて見えるのだろうなと、今日のその献身振りを見てしみじみと痛感させられた。


開演五分前。

カフェ小春前の広場は、想像以上の人達で賑わっていた。前もって母が、近くの運動公園の駐車場の一部を借り切っておいてくれたので、車の誘導を吉川に頼み、交通渋滞や路上駐車の心配もなく、スムーズに事が運んだ。
三、二、一……。
一瞬、会場が真っ暗になる。その後ヒューーッと一本の花火が上がると、直後にマテバシイのイルミネーションが華やかに点灯した。サンタクロースとトナカイが軽快に走り出す。

会場からワーッと歓声が上がった。

ステージのぼくとりんに、父がスポットライトを当てる。

「こんばんは！」

「こんばんは！」

割れんばかりの返事が返ってくる。

「今日はクリスマスイヴというとてもとても、とても大切な日に、ぼく達そうるめいとのコンサートに足を運んでくださりありがとうございます。その感謝を籠めてこれからりんと二人、そんな皆さんに日本一、いや世界一、宇宙一幸せなイヴの夜をプレゼントしたいと思います。一緒に歌ってください！　踊ってください！　フィーバーしてください！　それでは……いくぞー、りん！」

「オッケー、冬星！　ワン、ツー、スリー、フォー！」

ぼくのギターに続いて、りんのハーモニカが軽やかに滑らかにリズムに乗り、風に乗る。そしてジングルベルから始まったクリスマスソングは、カフェ小春をぐるりと温かく包み込み、マテバシイのサンタを乗せたソリを引くトナカイを、夜空の彼方へと送り出していく。

みんなで歌った。

みんなで輪になった。

みんなで踊った。

みんなで笑った。

みんなで泣いた。

そして……、みんなで幸せになった。

りんとぼくの歌。そうるめいとが奏でるハーモニー。奇跡のハーモニー。魂のハーモニー。冬の夜、神聖なイヴの夜、ぼく達は時も忘れ一体になり、熱く激しく盛り上がったけれど、またひとつヒューッと花火が上がり、ステージの向こう側の群衆が一斉に静かになった。

「ありがとうございます」

ぼくが丁寧に一礼すると、隣のりんもトナカイの角をピョコンと下げ、その後、愛おしそうに皆に手を振る。

「さあ、いよいよ最後の曲となりました」

声につい力が入った。

「ぼく達、そうるめいとのオリジナル曲です。心を籠めて、『風のオアシス』……。聞いてください」

そして物語はゆっくり、ゆっくりと、最終章へと向かい始めた……。

一、風はいつも気ままだね
行き先も告げずに知らん振りで通り過ぎていく
だからぼくの寂しさなんて気付くはずもないのさ
せめて春は、空に舞い上がる桜の花びらをつかみ取ろうよ
空が少しだけ近くなる
光が少しだけ手に届く
風のオアシスが知りたくなる

地にしっかりと足を着け
振り向くとそこに君がいた

二、時はいつも急ぎ足だね
目的地に辿り着けぬままタイムリミットがやって来る
だからぼくの理想も遥かに感じてしまうのさ
せめて夏は、夜空を飾る花火のはかなさを見送ろう
流れ星がひとつ落ちる
月の灯りに手をかざす
願い事はひとつでいい
夜の人ごみの中で
ほんのりと光って見えた君

三、夢はどうしてはかないの
届きそうにもなるけれどやっぱり風は知らん振り
ぼくの明日は曇りガラスの向こうかな
せめて秋は、祭りの太鼓で陽気なピエロを演じよう

舗道の落葉が踊り出す
街に活気が溢れ出す
泣いている子も笑ったよ
体でリズムをとっていると
隣で歌ってくれた君

ぼくのギターとりんのハーモニカが夜空で交わりひとつになる。そして輝く星になる。みんなを見守る星になる。みんなを癒やす星になる。ぼくとりんの出会いは奇跡なんかじゃない。きっとずっと前からそう決まっていたんだ。ぼくはりんに出会ってぼくを見つけた。本当のありのままのぼくを見つけた。

「皆さん、そうなんです。この曲にはまだ続きがあるんです。聞いて頂けますか？ ぼくがずっと追い求めてきた風のオアシスを……。今ここで皆さんと、そして大切なパートナー、りんに捧げます」

抱え上げたギターにも魂を吹き込むように優しく語り掛けると、ぼくは夜空を見上げる。そしてゆっくりと一歩を踏み出した……。冬のぼくは……。

四、日々は人を変えていくね

色々と迷いはあったけれどそれがいつかは宝になる
だからぼくの過去も輝く日がやって来るのさ
せめて冬は、幼い心のままサンタが来る日を信じてみよう
風のオアシスが見えてくる
時はゆっくりと幸せを運ぶよ
夢はきっと実現するね
クリスマスイヴのしじまの中でぼくは君を……抱き寄せた

りん、りん、りん……鈴が鳴る
ソリに乗り遅れたサンタクロースよ
ずい分と待ちぼうけだったけれど
今年のプレゼントは最高だったね
ありがとう……

ぼくのソロが終わり一瞬の静寂の後、一気に歓声が上がった。

振り向くとりんが、顔を覆って泣いていた。

続いてアンコールの拍手。りんがぐいっと涙を拭うのを見届けてから、ぼくはスタンダー

ドナンバーの「上を向いて歩こう」を否応なしにスタートさせる。

奇跡的なハーモニーがやっぱりついてきた。

その後もアンコールは数曲続き、思い掛けないクリスマスイヴのサプライズコンサートは、八時半過ぎにようやく大盛況のうちに終了した。


「お疲れさまでした！」

九時を少し回っていた。カフェ小春の店内には家族の他、吉川、園長先生、西野先生、それに父の元生徒の神山陽子が残ってくれていた。

母がせっせと皆にコーヒーを配っていた。

「オリジナル曲の『風のオアシス』には、やはり素敵な続きがあったのですね。私この間老人ホームで聞いた時、何となくそんな風に感じていました。冬星さんの大切な人への想いが、じんわりと伝わってきました」

まだコンサートの余韻に浸りながら、ロマンティックな恋愛を夢見る乙女心満載の女子高校生らしく、少し興奮気味に瞳をキラキラさせながら陽子が言った。

「確か、夕べ徹夜で書いたんだよな」

吉川がチャチャを入れる。

「余計なことを言うな！」

ぼくは照れ隠しについ声を荒らげ彼を非難した。

「私、今日からマジで、そうるめいとのファンになりました。冬星さんとりんさん、二人のデュエットは私にとって、クリスマスの夜の奇跡です。久し振りに胸がときめきました。ありがとうございました！」

両手を胸元で組み合わせ気分を高揚させたのは、正面の西野先生だった。

「今度、コンサートの予定教えてあげるね」

夏美ねぇは早速、マネージャー気取りだ。

「老人ホームでもまた近々頼むよ」

隣の父がさり気なく、ポンと肩を叩く。

「秋男ちゃんのピエロも最高にかわいくて、奇跡的だったよね」

りんがテンションを上げて彼を誉め上げたけれど、その奇跡的だったという意味がどうにも理解できず、ぼくはただ苦笑いをした。

「はい、ピザも焼けましたよー」

母が今度は気前よく、大皿でピザを運んできた。

「私もね、今日は早朝から頑張っちゃったのよ」

続いて夏美ねぇも、カウンターの奥から何やら壊れ物でも扱うように用心深く、大きな白い箱を抱えてやって来る。そしてそっとテーブルの中央に置いた。

「何だよ夏美ねぇ、それ。開けたら爆発するとか、そんなんじゃないだろうな」

「まさか……人聞きの悪い」

ぼくがマジで警戒すると、夏美ねぇはゆっくりと箱の蓋を開け始めた。

爆発こそはしなかったけれど、中からイチゴやメロン、バナナ、みかん、そしてアメリカンチェリー、パイナップルなどの今までに見たこともないようなフルーツ盛りだくさんのビッグなデコレーションケーキが顔を出した。そしてその真ん中の丸いホワイトチョコレートのプレートには、「お誕生日おめでとう！　そうるめいと」という鮮やかな赤いジャムのメッセージが入っていた。

「うわー、きれい！」

西野先生と陽子が共に歓声を上げた。

「これ夏美が一人で作ったのか」

父がどこか信じられないという表情でケーキを覗き込む。

「そうか。冬星とりんちゃんは、今日クリスマスイヴが共に誕生日だったんだ。おめでとう！」

吉川がにわかに立ち上がり、力強く拍手をした。他の皆もその連鎖反応で立ち上がり拍手したけれど、園長先生だけはどこかずっと張り詰めた様子でうつむいたまま、身動きもせずに座っていた。

「おめでとう！　おめでとう！」

そして皆がどんどん盛り上がる中、園長先生は益々表情を固くし曇らせていった。

それでもこの思い掛けない「そうるめいと」の打ち上げ兼、誕生日兼、イヴのミニパーティは、時を忘れさせるほど和気あいあいと続いた。

「なあ、冬星……」

やがて吉川に声を掛けられ、ハッとして我に返る。

「君は確か、ぼくにこう言ってたよね。君が今日しなければならない重大な役割は二つあるって。そのひとつは、『風のオアシス』の四番、冬のぼくを歌うこと、だろう。そしてもうひとつは？」

ぼくは吉川の予想もしなかった鋭い勘に恐れ入りながら、西山先生達と冗談を言って笑い転げているりんと対照的に、ずっと表情を固くしたままの園長先生に目をやり言った。

「これからさ。これからがたぶん、ぼくのこれまでの人生の中でも一番と言っていいくらい重要な役割になると思う」

そして今にも、敵陣に命懸けで乗り込もうとしている勇敢な兵士のごとく、ぼくは固く固く拳を握り締めた。

十時を回って、そろそろ皆が片付けを手伝い始めた。協力し合って手際よく、あっという間にテーブルの上がきれいになると、吉川が気を利かせて一同をその前に集め、ぼくに最後の挨拶を勧めた。ぼくはコンサートの開催に関して厚くお礼を述べ一度席を外し、カウンターの奥から予め用意しておいた紺色の紙袋を持って戻ってきた。

そしてそれを皆の関心の中、静かにゆっくりとテーブルの上に置く。

「りん……」

ぼくは隣に立つ彼女の名前をいつになく緊張気味に呼んで、それから少し間を置いて、

「開けてごらん」

と、穏やかに指図した。

先程までの賑わいがまるで嘘のように一瞬にして静まり返った張り詰めた空気の中で、りんは喜びとも驚きともつかぬ不思議な表情をしていた。

「何かしら？」

ようやく顔をほころばせ笑顔になると、りんは深い紺色の紙袋から目の覚めるような真っ赤な大き目の箱を取り出し、テーブルの上に慎重に置いた。そしてそれこそ爆弾が入っていたらどうしようと疑っているのではないかと思わせるほど、恐々とした手つきで蓋を開け始めた。

箱の中身が公となり、りんがその品物を取り上げた時、最初に驚きの声を上げ弾みで後ろに倒れそうになったのは、夕方見えた時からずっと沈鬱で固い表情のまま時を過ごしていた園長先生だった。

「大丈夫ですか！　園長先生！」

近くに居合わせた母が慌てて駆け寄り腕を支え、辛うじて椅子に座らせたものの、ぐったりとした体勢と表情の険しさは変わらず、視線だけがずっと何かを求めるようにりんの手元に注がれていた。

「りん……。それはぼくから君へのクリスマスプレゼントだ」

りんがしっかりと両手に持っていたのは、ぼくが何軒もの店を走り回り迷いに迷って悩み抜いて選んだ、深いブラウンのレースアップショートブーツだった。皆の視線が一斉にその特別なブーツに集中する。

「はいてごらん……」

ぼくはりんの目を見て言った。

「今日から君にもうその赤い長靴は必要ないよ。君にはその新しいブーツがよく似合う。ナカ君とタクちゃんはラップランドへ帰ってしまった。きちんと君にさよならを告げてね。きちんとぼくにバトンを渡してね。だから今年から君にプレゼントを贈るのはこのぼくだ。君のサンタクロースはこれからずっと、このぼくに変わったんだよ……」

りんはしばらく瞬きもせずに、じっとぼくの顔を見ていた。それからようやく手に持ったショートブーツに視線を移し、更に足元の赤い長靴を見下ろした。

やがて大きくひとつ溜息をつくと、ショートブーツを片方ずつ丁寧に再び箱に戻してしまう。

「りん……」

ぼくは大きな期待から一挙に絶望へと心が後戻りし、金縛りにあったように体が動かなくなった。りんがブーツを箱に戻してしまった。取り囲む人達の張り詰めた空気が伝わってくる。吉川はしっかりと歯を食いしばっていた。父と夏美ねぇが両手を合わせている。

詳しい事情をよく知らない西野先生と陽子でさえ、この状況に何かただならぬものを感じ取ったのか、じっと食い入るようにその場面を見守っていた。

「あ・り・が・と・う……と・う・せ・い……」

息を呑む緊迫した空間の中で、ほとんど呪文のように途切れ途切れに小さなりんの声が聞こえてきたのはそれから間もなくだったが、絶望感に浸っていたぼくには途方もなく長く苦しい時間に感じられた。そして少しためらいながらも彼女は、赤い長靴を右足、左足の順にゆっくりと脱ぎ床にきちんと揃え、外したトナカイのカチューシャもテーブルの上に静かに置いた。

「りん……」

園長先生のむせび泣きが聞こえてくる。

「すごくお洒落なブーツだね。冬星はファッションセンスはイマイチだけど、靴選びは最高だよ。嬉しい！　ありがとう！」

テンションを急上昇させて、やはりズレたタイミングで、りんは再び箱からブーツを取り出すと、心から嬉しそうにそれを摩りながら足元に脱いだ赤い長靴の隣に並べた。

そしてしばらく両方を天びんに掛けるかのようにじっと見比べ、やがて心の整理がついたのか、潔く真新しいショートブーツを選び、右足からスムーズに滑り込ませた。

それはまるであつらえたようにピッタリだった。

ぼくの贈った真新しいブラウンのショートブーツは、りんを益々奮起させた。

「どう？　似合う？　素敵でしょう！」

とはしゃぎながら、りんは一同の周りをクルクルと華麗に回り始め、やっと辿り着いたぼくの正面でピタリと止まった。

「冬星、どう？　私、似合ってる？」

少し大げさにポーズをとって、少女向けアニメのヒロイン気取りで笑って見せるりんは、やはりいつもの彼女と少しも変わらず、今でも心のどこかで遠い雪国からやって来るサンタクロースを信じている気がした。いやもしかしたら、ずっと信じていくのかもしれない。

「似合ってるよ。バッチグーだね」

それでもぼくはいいと思っている。そんな彼女の純粋さに触れて生きていくことを「幸せだ」と感じることができたのだから……。

少しずつ、少しずつでいい。ぼくは君を待ち続けたい。君の中から赤い長靴がいつか本当に必要でなくなる日まで。その日までぼくはずっと……。

サイレント・ナイト
鈴が鳴るよ
りん……
これがぼくのやっと見つけた答えだよ
風のオアシスに少しだけ近付けた気がする
ソリに乗り遅れたサンタクロースよ
今年の贈り物は最高だったね
ありがとう……

エピローグ

一瞬にして心を元気にする方法、なんていう本を、確か去年の今頃は必死で読んでいたなとぼくは思った。しかし結果的に、一瞬にして心を元気にする方法なんてこの世に存在するわけもなく、一度傷付いてしまった心はやはり徐々に、この春先の根雪のように自然に時間をかけて溶かしていくことが最良なのだと、この一年間の特別な日々がじっくりとぼくに諭してくれた。

今年の春の訪れは早い。三月に入ってからずっとポカポカ陽気が続いている。

今日は金曜日。カフェ小春の定休日だ。別に今日という日にこだわりを持っているわけでも何でもないけれど、たまたま偶然に休日ということもあって、ぼくは去年と全く同じ日に、全く同じ場所で、全く同じ木製の古びたベンチに座り空を見上げていた。

風が心地よい。

ただ去年とひとつだけ違っていたのは、心がすこぶる軽いことだ。

あまりの爽快さに、ぼくは両手を大きく広げ深呼吸をしながら立ち上がり、「少し走ってくるか」と、その場で足踏みを始めた。何かが幻のように、あっという間に目の前を走り抜けたのはその時だった。

「ラブミー！」

その後から、風に乗って聞き覚えのある声。

「えっ？」

「ねぇ、ラブミー！　ちょっと待ってよ！　そんなに慌てないでよ」

「りん！」

そして突然、ぼくの視界に入り込んできたのは、目の覚めるようなショッキングピンクのジャージに身を包んだ、ドタバタ劇の途中みたいな彼女だった。

「冬星！」

呼び止めたぼくに驚いて、ズズズと足を滑らせ転ぶ一歩手前で立ち止まったりんは、

「どうしたの？　こんな平日の昼間に……」

と、振り向きざまに目一杯軽蔑した眼差しで言った。

「それはこっちの台詞だよ。ぼくは定休日。嘘偽りのないちゃんとした休日だ。君こそどうしたんだ」

「失礼しちゃう。さぼったんじゃないわよ」

りんはフグ顔負けの膨れっ面になり、その後ブーブーと何か文句を言いたそうだったけれ

ど、「あっ」と重要なことを思い出したらしく向きを変えて、「ラブミー！　ラブミー！」と大声で叫んだ。

「ラブミー？」

「ねぇ、暇だったら一緒に探してよ」

ぼくが少しムッとし始まった頃、そのラブミーがどこからともなく一目散に駆け戻ってきた。そしてヘナヘナと再びベンチに座り込んだぼくの膝元へ軽快にジャンプし、すっぽりと納まる。去年と全く同じ情景、追加一。

あれから一年……。ラブミーもふっくらとした立派な成猫になっていた。

「ナイス！」

りんが機嫌を直して、パチパチと大拍手を送る。

「覚えてる？　今日はね、とっても大切な日なのよ。そう、私達『そうるめいと』の出発記念日なの。だから私、ずっと前からお休みをとってたわ。この日のために。冬星も？　冬星も、だから去年と同じように、そこに座って待ってたの？」

まさかこの期に及んで、たまたま偶然にだなんて口が裂けても言えなかったので、

「そうだよ。当然じゃないか。相変わらずいい勘してるな、りん……。ハハハ」

と、ぼくは不自然なくらいオーバーに愛想笑いを浮かべながら猫なで声で言った。

りんはチラリとぼくの様子を窺ってからさり気なく隣に座り姿勢を正すと、肩から提げた

ショルダーバッグからいつものケイタイを取り出した。そしてゆっくりとフタを開け、誰かにかけ始める。

「え？」

ぼくの頭の中で、瞬時に嫌な記憶が甦る。タクちゃん、ナカ君……。

もしかして、もう帰ってきてしまったのかな、彼らは。

「もしもし……あ、マチ子おばさん。うん、冬星がね、やっぱりいたの。たぶん定休日なのでたまただと思うんだけど、本人が覚えていたって言い張るから、一応そういうことにしておいてあげるわ。がっかりさせちゃかわいそうだから。だからもう少しここで遊んでいくね。帰りは冬星が車で送ってくれると思うので、お迎えは大丈夫よ。うん、じゃあね」

パタッとケイタイを閉じた。それからぼくを見て、いたずらっぽそうににっこりと笑った。

こいつさり気なくぼくの嘘を見抜いていたな。しかも本人の目の前でそれを誰かに伝えるなんて、どこまで無神経なやつなんだ、とも思ったけれどなぜか憎めない。それがりんの、あのどこかズレた思考タイミングの一種の精神安定剤的効用なのかもしれないとぼくは思った。

マチ子おばさんというのは、園長先生のことだ。あのタクちゃんとナカ君ではなくて本当によかったと思う。彼らにはできればもう二度と現れてほしくはないのだから。

今ではあのアパートを出て、園長先生の家族と一緒に暮らしている。

あのビルの屋上の森事件以来、やはり独り暮らしをさせるのは心配だということになったらしい。ぼくもそう思う。だから今本当に、心からホッとしている。

でもアパートの近くだったハンバーグ店フレンドには、今でも時々りんと食事に行き、ミニコンサートも開かせてもらっている。相変わらずマダムの笑顔は、疲れた心を癒やしてくれるし楽しみに待っていてくれるので、ぼく達「そうるめいと」の故郷であり、また最高のオアシスでもある。

「ねえ、冬星。ほら、見て、見て！　そこの桜の木」

りんは真正面の立派に青空に映える桜の木を指差して、眩しそうに目を細めた。

「蕾があんなに大きく膨らんでる。今日は特別暖かいから、桜も早く顔を出したいと思っているのかな。お日さまを早く見たいと思っているのかな」

あれほど雪に憧れていたりんは、今桜が花開く日を秘かに心待ちにしている。

ぼくはその優雅な大木の真上で、世界中の光を全てかき集めたように輝く太陽を見上げた。

俄かに鼻の奥がムズムズとしてきて、思わず手をかざす。

「ハ、ハークション！」

膝の上で丸くなっていたラブミーが驚いて、ムックと顔を上げる。

りんがぼく達を見て豪快に笑った。

ぼくはこの四月から大学生になる。とはいっても通学ではなく、通信教育部だけれど。

このままカフェ小春で働き、りんと「そうるめいと」を続けながら、ぼくは社会福祉系の勉強をしていくつもりだ。将来の方向性は、まだはっきりと見えているわけではない。

でも、何かをしたいとは思っている。何かをしなければいけないとは思っている。

今、一番救ってあげたい人のために。

今、一番大切にしなければならない人のために。

その優しさ純粋さゆえに、心を痛めてしまった人達のために。

それだけははっきりと言える。心から誓うことができる。

りん……君との出会いをひと言で表現することは難しいけれど、強いて言えるとしたら、
ぼくの人生の「みちしるべ」かな。「宝もの」かな。

こんなに人に感謝できる自分に出会えたことも大きな賜物だと思っている。

我に返ると、ラブミーがピョンとぼくの膝から飛び降りた。

「冬星、走ろう！　今日はジョギング日和よ」

すでに走り出したラブミーを追って、目がチカチカしそうなショッキングピンクが後に続いていく。

「おい！　ちょっと待てよ！　りん！　おい……」

無理な体勢でスタートし危うく足がもつれそうになったけれど、ぼくは今度こそ彼女を見失わぬようにと、辛うじて一歩を踏み出した。

三月の中旬を過ぎた小春日和。りんの後ろ姿が、公園の深い森の中に吸い込まれていく。

リズミカルに地面を蹴って。爽やかな風に吹かれて……。

風は風はどこへ行くのだろう。

その時ふと、彼女の足元でキラキラと輝くものが見えた。それは早春の太陽をたっぷりと浴びて、可能性という名の明日に向かって真っ直ぐに進み始めた、真新しい、真っ白な、根雪のようなスニーカーだった。

もしかしたら、ぼくの追い求めていた風のオアシスは、もうすぐそこにあるのかもしれない。その角を曲がって、まだ目には見えないけれど。

彼女の背中をひたすら追いながら、なぜか急にそんなことを思った。

あとがき

人生をある一番ふさわしい言葉に置き換えるとしたら、最近の私の中では、まず「出会い」が思い浮かびます。日々の忙しさの中で、ただ通り過ぎるだけの人はたくさんいるでしょう。顔も姿も覚えられぬまま、ただ風のように通り過ぎていく人達が。

そんな無情な時間の狭間で、ほんの少しのきっかけで出会った人達が、じつは自分にとってとても大きな存在になるんだということを、ここ数年で切に感じています。たとえそれが野道で出会った子猫であっても、ヨチヨチ歩きの幼児であっても、杖をついたお年寄りであっても、どこか体の不自由な方であっても、そこから何らかの縁で繋がっていけるのだとしたら、それはとても素敵なことだと思います。

私が心に不安を抱えた方達の通う施設で働かせて頂いてから、今年で十五年目になります。いや働かせて頂くというよりも、日々皆さんと共に、今日を精一杯生きる努力をしていると言った方が正しいでしょうか。むしろ皆さんの繊細な心と優しさで、知らず知らずのうちに元気をもらっているのは私の方かもしれませんが。

そしてそんなメンバーさんや施設の所長、温かい同僚スタッフとの出会いが、この〝そうるめいと〟を書かせて頂く一番のきっかけとなりました。

まだまだ未熟な作品ではありますが、私のこれまでの数々の出会いから受け取った感謝の気持ちだけは、たっぷりとこめさせて頂きました。そしてその想いが、この本を手に取って下さった方々一人ひとりの心に、少しでも長く深く宿って頂けたら幸いです。

最後に、前作同様、随想舎の皆様、編集担当の石川栄介様、装丁・挿絵担当の齋藤瑞紀様、心より感謝申し上げます。

二〇一六年五月吉日

寺崎ちえこ

[著者紹介]
寺崎ちえこ（てらさき　ちえこ）

・1958年栃木県生まれ。
・1981年三世帯同居の旧家に嫁ぐ。その後二男に恵まれ、1997年長男の高校受験を機に小説を書き始める。
・1999年「蒼い旅人」でコスモス文学賞児童小説部門において文学賞受賞。2003年「夢見る郷」で同新人賞、2007年『水色のグラウンド』（文芸社）で同文学賞受賞。
・本書にて2010年日本文学館出版大賞特別賞、2011年コスモス文学賞奨励賞受賞。
他著書に『黄金のなみだ』（新風舎）、『れいん』（健友館）、『オカリナを吹く少年』（随想舎）がある。

・現在　栃木県栃木市在住。精神障がい者地域活動支援センター生活支援員、介護福祉士。

そうるめいと

2016年6月23日　第1刷発行

著　者● 寺崎ちえこ

発　行● 有限会社 随 想 舎
〒320-0033　栃木県宇都宮市本町10-3 TSビル
TEL　028-616-6605　FAX　028-616-6607
振替　00360－0－36984
URL　http://www.zuisousha.co.jp/
E-Mail　info@zuisousha.co.jp

印　刷● モリモト印刷株式会社

装丁・イラスト● 齋藤瑞紀
定価はカバーに表示してあります／乱丁・落丁はお取りかえいたします
 ISBN978-4-88748-326-2